FLORES NEGRAS

LARA SISCAR

FLORES NEGRAS

PLAZA JANÉS

Papel certificado por el Forest Stewardship Council®

Primera edición: mayo de 2018

© 2018, Lara Siscar
© 2018, Penguin Random House Grupo Editorial, S.A.U.
Travessera de Gràcia, 47-49. 08021 Barcelona

Printed in Spain – Impreso en España

ISBN: 978-84-01-01964-7
Depósito legal: : B-5.622-2018

Compuesto en M. I. Maquetación, S.L.

Impreso en Rodesa
Villatuerta (Navarra)

L019647

Penguin
Random House
Grupo Editorial

A mis padres

En las ciudades se muere uno del todo;
en los pueblos, no.

MIGUEL DELIBES,
Viejas historias de Castilla la Vieja

PRIMERA PARTE

—¿Hola? ¿Hay alguien al otro lado?

—¿Berta?

—Sí, soy yo. Te escucho. Te escuchamos.

—No sé cómo empezar.

—No hay prisa. Si quieres podrías decirnos dónde estás.

—...

—¿Sigues ahí?

—Sí, sí. Aquí sigo. Perdona. Es que esto es muy pequeño.

—¿Pequeño?

—Sí, el pueblo. Es que no sé cómo empezar.

—Dar el primer paso es lo peor. No tengas prisa. No tenemos prisa. Llamar es lo más difícil.

—No creo. Lo difícil vendrá después. En cuanto cuelgue.

—Queremos ayudarte.

—...

—Si quieres.

—Quiero, pero tengo miedo.

—Aquí no juzgamos.

—Aquí sí.

—Pero ahora estás con nosotros y tenemos toda la noche. Lo que necesites.

—Lo siento, no puedo.

—¿Entonces? Has llamado porque tenías algo que contar, ¿no? Para compartir.

—Sí... supongo que sí.

—Pues adelante. Nosotros ni juzgamos ni culpamos.

—Tampoco creo que sea culpa mía.

—Nadie busca culpables.

—Pues los hay.

—Pero no es nuestro cometido señalarlos.

—Mira, déjalo, da igual.

—¿Prefieres colgar?

Y bum. Sonó un disparo como el trueno que sigue al rayo de Zeus.

En el valle

Y le siguió un eco que resolvió toda duda: era un disparo.
De escopeta. Todo el que tenía un reloj a mano lo miró.
    Las dos y cuarto.

En la radio

—¡Su puta madre! ¡Su puta madre!

—¡Música! ¡Música te digo!

—¡¿Qué mierda de música quieres que ponga?!

—¡Un sinfín! ¡Pon un sinfín! ¡Cabecera! ¡Cabeceraaa!

Y el medio millón de oyentes, más o menos, que a esa hora no estaban muy seguros de lo que había pasado pero que no podían dejar de imaginarlo, escucharon estupefactos una voz masculina, profunda, que les erizó el vello de la nuca: «En la vida ya pagas demasiadas comisiones...».

—¡¡Quita la publi, gilipollas!!

Y enseguida, casi cuando debía, sonó «Blue Monk», de Thelonious Monk. A los más imaginativos les pareció lo mejor de la jornada. Al resto les fue imposible concentrarse en la melodía; la adrenalina electrizaba mentes y potenciaba extremos. Había mucho que husmear, los dedos temblaban; una noche entera por delante y toda una historia deconstruida que tuitear.

En el cementerio

Nunca entendió Berta por qué la gente se extrañaba de que ella saliese a correr por La Almudena. Comprendía que la superstición y el miedo a las cosas de los muertos, aún hoy, hacían de las visitas al cementerio algo trascendente. Eso y la falta de costumbre. Nunca había demasiada gente, a no ser que fuese 1 de noviembre. La reticencia del personal a aceptar con normalidad que La Almudena se utilizase como un espacio más le parecía fuera de lugar. Un sentimiento antiguo. Viejo. Se impresionaban como si de verdad hubiese algo de transgresión en un gesto que a ella le parecía natural. Si te alejabas lo suficiente del muro perimetral, el tráfico no se oía. Ni el parque del Retiro a primera hora era tan apacible, tan poco ciudad.

Berta corría concentrándose en hacer de sus pasos vuelos, jugando a que apenas sonasen en la grava, a dejar poca huella. Movimientos ligeros, cada vez más leves. Imagina que flotas, pensaba, y al menos conseguirás no trotar como un animal de carga. Cuando Berta corría se convencía de que era un samurái. O un ninja. Era su manera de meditar.

No seguía rutas fijas porque las ciento veinte hectáreas del cementerio de La Almudena dan para perderse sin temor a no regresar. ¿Qué podía pasar en un recinto cerrado con más habitantes bajo tierra de los que tiene la ciudad a pleno rendimiento? No había coches ni semáforos; no había perros ni niños. Nada móvil con lo que tropezar. Por eso, porque no tenía que prestar atención a nada más, se concentraba en respirar, y a la parte de cerebro que le quedaba libre le daba por la ensoñación. Así llegó una vez a resolver la trama de una novela complejísima que no escribió jamás.

Berta sólo tenía un límite en sus carreras: el paso de un cortejo fúnebre. Si asomaba el coche de muertos, abandonaba la ruta por el primer ramal. Una tipa en zapatillas de colores haciendo *footing* no era el mejor recuerdo para alguien que se encuentra en plena despedida. Se requería un gran sentido del humor para sacar partido a esa imagen, y no todo el mundo lo tenía. Era mucho arriesgar. Dejó de correr con auriculares el día que no oyó que le llegaba un muerto por la espalda. A Berta aún le escocía la mirada de la viuda, o de la hermana, o de la hija. No había manera de saber quién sería aquella mujer sufriente, pero daba igual, la cuestión es que el conductor del coche fúnebre tuvo que dar un toque breve de claxon para pedir paso. Y el susto que se llevó. De un salto se plantó sobre una lápida a ras de suelo que le hizo de cuneta. Qué vergüenza tan intensa.

Renunciar a la música potenció la avalancha de pensamientos agolpándose en su cabeza, en ocasiones de forma violenta. El absurdo dice que no hay mal que por bien no venga, algo con lo que nunca estuvo de acuerdo Berta. Los males vienen. Y casi siempre solos.

Todos los pensamientos giraban alrededor de lo ocurrido la noche anterior, porque, de verdad, con la de emisoras que había, ya era mala suerte que hubiese tenido que llamar a la suya. Y en esa época, además. Con la mierda del Twitter dando alas al mundo entero en plan jurado popular. Había sido furiosamente insultada incluso desde Canadá.

Lo bueno de correr por La Almudena era que ese rato la ayudaba a relativizar. Cruzarse con lo que quedaba de Vicente Aleixandre, Dolores Ibárruri o Millán Astray hacía que todo lo demás perdiese solemnidad.

Berta había decidido seguir la ruta que le marcase la sombra, así que no tuvo ni que pararse a pensar en qué tumba de esquina hacer el giro. Subió unas escaleras, se desvió hacia un baño que avistó a lo lejos y forzó el ritmo en una cuesta. A la media hora llegó hasta la placa que nunca nunca aparecía cuando la buscaba:

LAS JÓVENES LLAMADAS
«LAS TRECE ROSAS»
DIERON AQUÍ SU VIDA POR LA LIBERTAD
Y LA DEMOCRACIA EL DÍA 5 DE AGOSTO DE 1939.
EL PUEBLO DE MADRID RECUERDA SU SACRIFICIO.
5 DE AGOSTO DE 1988

Tampoco era para tanto lo de Berta. Eso pensaba ella. Tampoco es para tanto lo mío, no hay que exagerar. Tocó la tapia y le dio la espalda. Otra media hora de vuelta y a la ducha.

Y a ver el mundo qué tal.

En la radio

Salió del ascensor y un escalofrío le sacudió la mitad superior del cuerpo, desde el abdomen hasta la nuca. Acudía consciente y a la espera de la reacción de sus compañeros, pero sobre todo iba pendiente de la actitud de la dirección. Nadie se había puesto en contacto con ella desde la noche anterior, en la que tan sólo recibió una llamada pidiendo datos del asunto.

—¿Se puede saber qué ha pasado?

—Pues lo que has oído, básicamente. De lo demás no sé nada.

—Está en todas partes, joder. —El directivo se pasaba la mano por la melena—. En las redes se ha montado una buena. Cuéntame cómo ha sido.

Y Berta le contó. Más o menos. Aún estaba en estado de shock.

—¿Y el anuncio del banco?

—¿Eso? Un error. Hubo un momento de histeria en el control. Una gilipollez de error.

—Pues me llamaron los primeros. La gilipollez de error podría costarnos toda la campaña.

—No me lo puedo creer, si fue en plena madrugada. Pero ¿esa gente qué tiene?, ¿un equipo de quejas de guardia?

—Esa gente paga mucha pasta para que les dejemos en buen lugar.

—Por favor, estábamos en plena catástrofe y alguien se equivocó de botón. Tan sólo eso.

—Ya, bueno. Pásame al productor. Tú y yo nos vemos mañana.

—En serio, no hemos podido hacer nada.

—Vale. Mañana lo vemos.

—Hasta mañana.

—Oye, espera. ¿Ha llamado alguien preguntando algo, un familiar, la policía, alguien?

—No, que yo sepa.

—Vale. Pásame a Andrés. Nos vemos mañana.

Y ahí estaba ella, en mañana ya, con la esperanza de no salir muy mal parada de los violentos lanzamientos de porquería variada. Insultos, exigencias de disculpas, intermitentes deseos de muerte e insistentes peticiones de dimisión o cese desde las redes.

Al principio se aisló con bastante eficacia, hasta que empezó a recibir unos cuantos mensajes de amigos y familiares en los que le pedían, con muy buena voluntad aunque bastante mal tino, que no se preocupase. Que no se preocupase demasiado. No te preocupes, de verdad, decían una y otra vez. Tú tranquila, insistían, que ya pasará. En cuanto todo se calme, repetían de un modo más o menos similar, quién se va a acordar. Eso hizo imposible que mantuviese la tranquilidad y aumentó el nivel de su preocupación hasta que, finalmente, con el estómago ovillado, se puso a escarbar entre una multitud de mensajes que la esperaban como bestias afilando las garras. Madre mía. Le costaba identificar en aquella masa fuera de sí a sus congéneres. La llamaban de todo, por todo. Por cortar la emisión, por no cortar antes la emisión, por meter un final musical, por no dar paso antes a la canción, por intentar que hablara, por no insistirle más... Pero lo que les dolía a todos por igual, lo que hirió sensibilidades de forma unánime, fue lo del anuncio del banco. «En la vida ya pagas demasiadas comisiones.» Escandalizados estaban. El mundo entero parecía indignado, en general. Cualquiera diría que todo el planeta clamaba contra ella. Que a quién se le ocurría intentar sacar provecho de una muerte en directo, decían. Berta no acababa de comprender qué línea de pensamiento seguían la mayoría de los que le escribían. Era como verse en un mundo que parece el de siempre pero de lógica invertida. Hacía correr los mensajes en la pantalla y se repetía todo el rato las mismas preguntas: ¿Qué? ¿Qué dice? ¿Cómo? Pero... ¿qué? Pero ¡qué dice! Berta se quedó espantada. De estar en la Antigua Grecia, hubiesen montado una asamblea y al ostracismo con ella. O al paredón. O colgada de una viga. También los había que, en caso de poder, la hubiesen subido a un campanario para dejarla caer. La querían muerta. Algunos incluso firmaban la amenaza. Eran los menos, pero también los que más miedo daban. Cuánta gente ofendida. Y eso que ninguno sabía nada. Nada de nada. ¿Qué coño sabían ellos? ¿Dónde se había dicho que había un muerto? ¿Seguro que fue un disparo? Podía tratarse de un petardo. O la explosión de un camping gas. ¡O de una broma! ¿Ellos qué sabían? Y lo que más la sobrecogía..., ellos ¿quiénes eran? ¿Y por qué se unían para hacerse una masa compacta y caer sobre ella? Por un momento Berta renunció a salir a la calle. No iba ponerse al alcance de aquella jauría humana. Dos cafés después, recuperó el equilibrio. Nadie se había apostado frente a su puerta, lo comprobó asomándose a la ventana.

Tormenta de mierda. En inglés, *shitstorm*. Era exactamente eso, está estudiado. Una tormenta de mierda casi imposible de esquivar que sólo se supera, por suerte eso lo aprendió pronto, dejándote llevar hasta el fondo y esperando a que amaine, manteniendo la cabeza fría. Como en el mar. Sumergiéndote para evitar que la histeria de la ola al romper te arrastre, te pierda. Al fondo, al fondo y a esperar que llegue el momento de poder salir a la superficie y respirar. Sin menos ni más.

Porque el reflote llega, eso también lo sabía. Ya había vivido otros episodios como éste y habían evolucionado de un modo similar. En su profesión era algo habitual. Afortunadamente, la red y sus templarios se desgastaban solos. Pasada la novedad y con un abanico creciente de afectados, esas cosas se tenían cada vez menos en cuenta y no iban más allá del comentario de un café. No eras nadie si en Twitter no te habían linchado nunca, se decía. Apenas un ser gris sin eco, un huevo sin sal. Que hablen de una aunque sea bien… así era en realidad la vieja consigna de Oscar Wilde.

Nada. A apretar dientes y culo y a esperar que pasase. Ya está.

—Berta, por favor, pasa a mi despacho. —Su jefe asomó medio cuerpo por el hueco de la puerta—. ¿Qué tal estás?

—Algo sobrepasada, la verdad. —No convenía dar imagen de despreocupada—. Pero no mal del todo. Firme, creo. Aún. —Vale, Berta, calla, se dijo.

—Me alegra oír eso.

—No pudimos hacer nada, de verdad.

—Lo sé. Siéntate, por favor.

Berta tomó asiento.

—La dirección quiere trasladarte su apoyo en esto.

—Gracias.

—Entendemos que las circunstancias superaron cualquier capacidad de previsión y consideramos que la reacción, la del equipo, porque no queremos hacerte responsable única de todo esto, está dentro del parámetro de lo comprensible. De lo humano, dentro de lo que cabe. Sabemos que no debió de ser fácil.

—No, fácil no fue.

—Lo entendemos, como digo. Y lo tenemos en cuenta. Sin embargo —Ay, pensó Berta—, por el bien del programa y de la cadena —Ay, ay, ay—, algo hay que hacer. —Mierda, se dijo Berta—. Tienes que comprenderlo.

—Claro. ¿Y qué es lo que vais a hacer?

—La audiencia no aceptaría que no se tomase ninguna medida —repitió—, pero publicaremos una carta de apoyo explicando lo difícil que fue la situación. Para que la gente lo entienda. —Y se calló.

—Estupendo. —No se le ocurrió decir nada mejor porque esperaba que acabase el discurso, pues sabía que al discurso le faltaba algo.

—Y tú te puedes tomar unos días de descanso.

—Eso ya no lo entiendo tanto.

A partir de ese momento, todo se fue al carajo.

De nuevo en el pueblo

Era día de mercado en el valle. El único día de la semana en el que los de allí se mezclaban con los de fuera, siendo los de fuera los del otro lado de la ladera. Los negros, los rumanos y los sudamericanos de los puestos de lencería, fruta y pollo asado no se consideraban forasteros, de tan lejanos. Para la gente del pueblo eran nada menos que extranjeros. Una afirmación rigurosamente cierta pero que, para cualquier habitante del valle, podría designar igualmente a un marciano. Y después estaban los gitanos. Todos convivían bien en los días de mercado. Franja verde, territorio amigo, zona de embajadas, tregua pactada, bula papal.

La conversación entre puesto y puesto bullía tan intensamente que salpicaba. Hasta los vendedores tomaban parte.

—¿Es verdad eso que me han contado?

—Verdad, verdad. Un joven precioso. Alto y guapo. Una pena. Era de fuera, pero una pena.

—Ah, yo pensaba que era del pueblo.

—No, no. Vivía aquí desde hace poco. Unos meses. Pero era forastero.

—Forastero ¿de dónde?

—Dicen que de Valencia O de Málaga.

—¿Y qué vino a hacer aquí?

—Anda éste. El pueblo es bien bonito, y trabajo hay.

—No digo lo contrario, señora. Pero pregunto de qué vivía.

—Escribía libros o no sé qué. Estaba donde la artista.

—¿Juntos?

—No aseguraría yo tanto, pero estas mujeres de mundo, ya se sabe.

—A ésa no se la ve nunca.

—Es que a ésa le hace los recados la chica, la Paulina.

—A la Paulina sí la conozco. Chica, chica…

—Hombre, se dice así por soltera, entiéndeme.

—No, si no digo que la mujer esté mal… Es una cosa de edad.

—Pues mejor que estaba, pobre. Nada mal. La rondó cuando moza un viajante que paraba aquí de camino a la capital. Al final nada, pero la Paulina nunca fue del todo fea. ¿Tú sabes quién te digo?

—Que sí, la de la artista.

—Ésa, la Paulina. De aquí de toda la vida.

—Pues qué pena lo del chaval.

—Una lástima, sí. La verdad. Muy guapo que era.

De nuevo en la ciudad

—A ver, cariño, míralo por el lado bueno.

—No entiendo por qué te empeñas en que esto tenga un lado bueno. —Bruno no soportaba el obligado optimismo de Mariana.

—Hombre, si te parece, hago como tú y la hundo más aún. —Mariana llevaba muy mal la afectación hiperrealista de Bruno.

—Yo no la hundo más de lo que ya está. Y qué quieres que te diga, no te entiendo, pareces una cría.

—Pues intento hacer algo para que le afecte menos.

—No lo vas a conseguir.

—Pero al menos lo intento. Es mi amiga.

—Venga. Voy a intentarlo yo también. —Bruno se recostó en el sofá—. A ver, ¿dónde está el lado bueno de todo esto?

—En la notoriedad. Todo el mundo habla de ella.

—Pues vaya un cartel.

—¿No está en todas partes? Es TT. *Trending Topic*. Tendencia total.

—No se traduce así.

—Ya lo sé. El caso es que está en todas partes.

—En todas partes la arrastran por los pelos, sí.

—O la defienden.

—Ésos no cuentan, son cuatro. Para hacerse notar. Ni ellos mismos se lo creen.

—Todo esto pasará, pero el nombre queda. —Mariana no se daba por vencida—. El nombre siempre suena.

—Cualquier publicidad no es buena. —Bruno sonreía pretendiendo mostrar aunque fuese un mínimo aire de superioridad—. Y lo sabes.

—Qué rabia das a veces. Berta... —Berta se sobresaltó. Hacía rato que había dejado de escuchar a Bruno y a Mariana, que de todos modos no la necesitaban para discutir sobre ella—. Cariño, en serio, no hagas caso a este amarguras. Déjales que hablen, que no te importe.

Bruno resopló.

—Tú eres boba.

—Y tú, idiota.

—No estás ayudando a nadie.

—Bastante más que tú.

—Qué simple eres.

—Vale, ya está. —Berta tenía una mano en su cerveza y la otra en la frente, a modo de paréntesis alrededor del ojo derecho—. Gracias a los dos. Ya os podéis ir.

Mariana fue la primera en responder.

—Perdona.

—Sí, no le hagas ni caso —dijo Bruno.

Bruno, Mariana y Berta eran amigos desde hacía años. Eran los dos amigos que le quedaban a Berta, lo cual tenía bastante mérito considerando su carácter. Y la edad. Una vez pasados los cuarenta, uno tiende a perder la fe en los demás. Y la paciencia. Al escucharles se intuía una confianza forjada por el tiempo y las experiencias compartidas, una complicidad que les permitía hablarse con sinceridad y sin remilgos. Nada de eso era cierto. En realidad, Berta siempre hablaba poco y Mariana y Bruno se caían mal. Se toleraban porque la alternativa era la soledad.

—¿Y el cabrón de Andrés?

—¿Qué pasa con él? —Berta estaba realmente cansada.

—Es el productor, ¿no? Algo tendrá que ver.

—Pues se ve que no, Bruno. Y tampoco gano nada con salpicar a los demás.

—Qué hijo de puta. Todo el lío del anuncio es culpa suya.

—El técnico estaba histérico. Teníais que haberle visto, pobre. De la tensión estaba fucsia. —Berta se rio. No mucho.

—Y qué vas a hacer, ¿acatar sin más?

—No tengo muchas más opciones.

—Podrías defenderte —dijo Mariana. A Berta la candidez de esa mujer también le generaba ganas de asfixiarla lentamente—. Hablar con otros medios.

—Claro, querida, buena idea. Así me echan del todo y se acabó lo que se daba.

—Todo eso es por la pasta.

—¿Por la que me pagan? Más quisiera.

—Por lo de la retirada de los anuncios. Les aterroriza perder la publicidad. —A pesar de su esnobismo, Bruno vivía convencido de que los bancos eran el demonio—. Lo que le haya pasado a ese hombre no les importa.

—No creo, al final no se van. La emisora les ha ofrecido gratis la campaña de Navidad. Yo diría que salen ganando.

—Lo que faltaba.

—«En la vida ya pagas demasiadas comisiones...» —Mariana sonreía mientras los otros dos la miraban como si fuera Judas el día de la última cena—. La verdad es que fue la hostia.

Berta se levantó y se asomó a la ventana del salón. En la calle todo el mundo seguía a lo suyo. Parecía mentira. Dos de cada tres miraban el móvil en los semáforos o en las terrazas. Algunos, incluso mientras caminaban. A saber cuántos de todos esos estaban leyendo o escribiendo sobre lo suyo. La proporción debía de ser de media humanidad a uno. Al menos eso le parecía a ella por los mensajes que había recibido y seguro que seguía recibiendo, aunque ya no los veía porque había decidido apagar el teléfono. Respiró hondo y expandió el pesar.

—Se me mata un tío y todo el mundo me odia.

—¿Murió al final? —Mariana abrió mucho los ojos.

—Berta, cariño… —Bruno miró por encima de su hombro a través de la ventana, siguiendo su línea visual—. En serio, has hecho historia. ¿Estás segura de que te vas?

Donde la artista

—¿Cómo que no me recogen esto?

—Señora, lo siento. Nosotros somos de criminalística. Ahora no podemos ponernos a limpiar.

—¿Y todo lo roto? ¿Y la piscina? ¿Y la manta esa?

—No lo sé, señora. Yo soy un oficial. Eso lo tiene que hablar usted con el seguro.

—¡Que el seguro no cubre esto, le digo! ¡Que han sido ustedes, que por donde pasan lo dejan todo hecho un cristo!

—¿Y yo qué quiere que le diga? ¡Habrá que alzar el cuerpo!

—¡Paulina! ¡Paulina!

—No, no, no, doña Rosa. Yo si quiere le limpio la sangre del suelo entero, pero la manta esa no la toco.

—Lo hacemos entre las dos, venga.

—Que no, que me da mucho asco. ¿No ve que tiene cosas?

—¡¿No he de ver, Paulina, no he de ver?! ¡Pero ahí no se puede quedar!

—¡Pues que la quiten los que le han recogido a él! ¿No lo llevaban en un saco? ¡Ya podían haberlo metido todo dentro!

—¡Pero no lo han hecho!

—¡Y se lo han dejado ahí todo!

—¡¡¿¿Es que te crees que no lo veo??!! Y ahora ¡¿qué quieres que hagamos, Paulina?! ¡¿Lo dejamos así?!

—¿Y a mí qué me cuenta? ¡Usted sabrá! ¿No es el ama?

—¿El ama? —Doña Rosa perdió los nervios—. ¿Ahora soy el ama? De verdad que no sé cómo te tengo aquí, desgraciada.

—No me falte, doña Rosa. No me falte, que me cojo lo mío y adiós muy buenas.

Doña Rosa es Rosa María Gutiérrez Lezcano, más conocida como Rosa Lezcano o, simplemente, la Lezcano. Nació en Córdoba allá por los años treinta, aunque no se sabe exactamente cuándo. Ni en la Wikipedia tienen el dato exacto. Hace unos cuarenta años, más o menos, decidió acabar la vida en el pueblo en el que pasó la infancia con su familia. Su padre fue médico en el valle, cuando en el valle tenían consultorio fijo. Aún no había cumplido los veinte cuando Rosa Lezcano se trasladó a Madrid para empezar un curso de secretariado y sintió el primer arrebato de su vocación teatral. Aprovechó que la familia quedaba lejos para hacerse artista. Podía haber sido un escándalo, pero la chica tenía talento y se colocó en el centro de las tablas en menos de año y medio. Para protagonizar dramas, ojo, nada de andar enseñando pierna. Lo que se conocía como una actriz seria. Al valle nunca llegó noticia de la última estrella emergente del teatro español. Fue cuando la familia se trasladó a la capital a visitar a la hija cuando encontraron en ella a la actriz favorita de Manuel Barros, en esos momentos el autor y director más relevante del panorama teatral español. La Lezcano había interpretado textos de Miguel de Unamuno, Lope de Vega y

Calderón de la Barca. También a extranjeros como Antón Chéjov, aunque a ése no lo disfrutó tanto porque resultó que la traducción quedó rara. Aun así, una primera actriz siempre salva la función. Si no entiende lo que quiere decir el autor, tira de gracia y, si se le olvida algo, se lo inventa o se lo ahorra. Y adelante con la trama. A la familia, una vez pasada la primera impresión, le pareció que todo iba sobre ruedas. Sin escándalos ni escenas. No hay nada como que te encuentren ya triunfada para que te acepten sin reservas.

—Paulina, si supieses la de veces que me he preguntado en estos años cómo enviarte para tu casa, no hablarías con tanta desvergüenza.

—No diga eso, doña Rosa, que yo siempre le he tenido respeto y me he ganado bien lo que me paga.

—Que me ayudes con la manta, te digo.

—Ay, de verdad, qué asco, con todo eso pegado.

La Lezcano dio el salto al cine con papeles secundarios de los de hacer llorar, por trágicos. Era tan buena actriz que durante una década fue difícil que se rodara sin tenerla a ella en el reparto. Estaba en casi todo, aunque rara vez como protagonista. El cine era muy distinto al teatro. El público de las películas quería menos dramas, y en la pantalla grande se veían más las caras. Ella nunca fue demasiado guapa. Éste es un país de paletos, pensaba. Hasta que un papel que hizo para el gran Juan Andújar, el director español más internacional en aquellos tiempos, saltó fronteras. En seis meses la estaban reclamando fuera.

Neorrealismo italiano, *spaghetti western*, películas históricas, revisiones de tragedias griegas... y las fiestas. En todos los saraos del cine andaba la Lezcano. Salía en las revistas de sociedad retratada como lo que era, una dama elegante, digna y rotunda, siempre sentada en un extremo de la mesa principal. En el centro seguía estando la guapa, pero a esas alturas ya le daba igual. Paletos hay por todo el planeta, no sólo en territorio nacional. Lo bueno fue cuando volvió a su tierra. Como una reina.

La Lezcano acumulaba experiencias fabulosas, saberes variados y decenas de amantes sustituidos de continuo. Que guapísima no era, pero tenía lo suyo. También hubo alguno que la rechazó de malas maneras. Pero incluso ése fue un buen recuerdo para esta mujer lista, a la que le pudo más saberse sabia y dura que vencida, y que gestionó el dolor del cuerno de una manera sorprendentemente efectiva. Aunque dolió. Negarlo sería necio. Y por si fuera poco, se preñó. Por suerte, a lo largo de los años, además de experiencias reunió lo más importante para una mujer de aquella época. Bueno, de aquélla y de ésta... Dinero de sobra para vivir a su modo hasta el final de sus días.

En lugar de andar reclamando cuentas a aquel tipo, se calló lo de la tripa. No quería soportar anclajes para toda la vida. Bastante tendría con la cría. Recogió lo suyo, que no era poco, y reconstruyó su mundo. Compró un terreno casi regalado en el valle, a un kilómetro del pueblo, y un Citroën Mehari naranja como los de las películas de safaris. Hacía tiempo que le tenía ganas. Levantó una casa grande, excavó una piscina, la rodeó de árboles y de una valla bien alta. Y allí seguía, más o menos aislada, más o menos tranquila...

—Y ustedes ¿cuánto van a tardar?

—Lo que haga falta, señora. Esto es una investigación.

—Pero terminarán hoy.

—Eso tampoco se lo puedo asegurar.

... hasta aquel día.

De vuelta en la ciudad

—No me puedo creer que fueses a marcharte sin despedirte de mí.

—Iba a llamarte.

—Ya, coño, pero desde allí. —Daniel parecía molesto de verdad. A Berta le despertó ternura.

—Aquí me ahogo. Me da la impresión de que todo el mundo habla de mí.

—Es normal, Berta. Acaba de ocurrir. Pero estas cosas se agotan enseguida.

—No, ésta no.

—Que sí. Ahora te parece imposible, pero te aseguro que sí.

—Qué va. Estoy harta de que todos me digáis lo mismo.

—Porque es verdad.

—Pero siempre dejan barro por el camino. Esta vez mucho, lo noto a la altura de los muslos.

—Tampoco exageres.

—Me han quitado el programa.

—Es temporal.

—Eso ya lo veremos. En la radio todo es temporal hasta que haces la temporada entera. Estoy jodida. Y a todos esos pajarracos del Twitter de los cojones les importa una mierda. Soy el cebo de la semana. Hasta que salga otro lío, aquí me quedo con mi mierda de drama.

—A lo mejor si te explicas…

—Nunca. No se puede dialogar con una panda de abusones en manada que ni siquiera dan su nombre. No quieren entender nada. No les importa. Les aguaría la fiesta.

—No sé, a lo mejor…

—Mira, ya lo intenté en otra ocasión. Esto no es nuevo. Yo también pensé que podía hacerlo, que podía usar el mismo canal para expresar mi línea de pensamiento. Pero las mulas que dan coces no se quedan esperando una respuesta. Digas lo que digas, cualquiera que sea el argumento que utilices, nunca alcanzará a todos los indignados que ya han compartido la acusación. Cinco días después de matizar mi posición, aún me notificaban retuits de retuits de decenas de seres que jamás se asomaron a mi cuenta a ver si yo aportaba algo a la discusión. ¡¡Que pida perdón!!, repetían, cuando ya lo había hecho hacía más de una semana. Fue peor. Me sentí más frustrada. Y débil. Chantajeada. Y en Facebook no digamos, que parecen más amables pero tienen más de todo. Además, estuvo lo de la tipa aquella que firmaba los artículos con pseudónimo…

—¿Cenamos algo?

—¿Cómo se llamaba?

—¿Vamos a algún lado o pedimos que nos lo traigan?

—Cómo me jode no acordarme de las cosas.

—Por cierto, ¿aún no se sabe quién te sustituye?

—Que resultó ser la mujer de un senador socialista, la bruja. ¿Cómo se llamaba?

—Berta.

—Bueno, ya saldrá.

—Que quién te sustituye en el programa.

—Ni idea. No me lo han dicho. Tampoco he querido preguntar.

—Ya. Mejor pedimos que nos lo traigan. ¿Qué prefieres, pizza o chino?

—Japo.

—¿Japo?

—Sí. No querrás comparar.

—Vale. —Daniel se puso a buscar en el móvil—. ¿Y sería un problema que fuese yo? —Eso último lo soltó de sopetón, como el que ha cogido carrerilla.

—¿El qué?

—Quien te sustituyese.

—...

—Llevo tiempo haciendo los boletines de la franja, me sé el programa de memoria y me llevo bien con el equipo.

—¿Ya lo has hablado?

—¿El qué?

—¿Has pedido mi programa?

—El productor cree que podría estar bien. Los oyentes me conocen y podría darles confianza.

—¿El productor? ¿Andrés?

—El productor, sí. Andrés.

—Hijo de puta. Qué hijos de puta los dos. Eres el que lee los boletines después de las señales horarias. Si alguna vez has podido asomarte a mi emisión es porque yo te he dado cancha.

—Lo sé, y te lo agradezco. Pero tú no vas a poder hacerlo durante un tiempo, y es mejor para los dos que ocupe yo tu puesto. Piénsalo. Así todo queda en esta cama.

—¿Eso es una gracia?

—O un cariño.

—No me lo puedo creer.

—Será como si no te hubieses ido.

—Ese programa lo hice mío.

—¡Por supuesto! ¡Todos lo sabemos! ¡Por eso! —Volvió a ocupar su lado de la cama—. Lo podemos planificar cada día juntos.

—Y encima pretendes que te lo resuelva.

—Yo te guardaré el sitio.

—Vete de mi casa.

—No te pongas así. En serio, no pasa nada. Ahora no puedes verlo con claridad.

—Déjate de paternalismos. Estás haciendo el ridículo, te doblo la edad. Vete.

—Tranquila. Ya lo hablaremos.

—Que te pires.

—Vale, vale. Voy a vestirme.

—Cuando salga de mear, quiero que estés fuera. —Berta se levantó de la cama de un salto, con furia.

—No hace falta que seas desagradable. Tranquila.

—Tranquila, tranquila... —Berta le imitaba forzando una espantosa voz gangosa—, dice aquí el futuro gran señor de las ondas. Sal de mi casa. No quiero tener delante esa cara de niñato buscón.

—Oye, no te pases. Yo te he tenido siempre mucho respeto. Si me dejas explicarte...

—¡Pues claro, niñato! ¡Claro que me tienes respeto! ¡Me tienes respeto porque soy mayor que tú y sé mucho más! ¡Qué coño vas a explicarme!

—Tampoco nos llevamos tanto.

—¡Que te vayas!

—Ya me voy, ya me voy. Chisss... Ya está, ya está. Tranquila.

—¡¡Que te vayas ya!!

—Lo hablaremos con más calma. Cuando tú quieras. Berta, por favor.

Berta le miró y respiró hondo. La verdad es que era un chaval muy guapo. Él se atrevió a probar con un pequeño avance físico.

—Por favor, Berta.

Era uno de los acompañantes más agradables que había tenido en los últimos tiempos. Ocurrente, educado, guapo y fresco. Sobre todo fresco. Siempre olía bien. Y daba gusto verlo, tan lozano y lleno de entusiasmo. Su pequeño efebo de buen tamaño. Él se acercó algo más a ella y le rozó el costado a la altura de la cadera.

—Me estás juzgando mal. Mientras yo esté, tú no perderás nada. Será sólo temporal. Déjame que pida la comida y abra un vino, va.

Como además de guapo era alto, se inclinó despacio, atento a la reacción de ella, dirigiendo la boca a su clavícula con la clara intención de abrir un hueco de duda en el manto de mala leche, muy tupido, que cubría a una Berta estupefacta. Congelada. Inmóvil hasta que notó el roce.

—Deja de hocicarme, hiena.

A él una bofetada en la cara no le hubiese provocado más sorpresa.

—Ese tono de hombre maduro no te pega. —Berta empezó a vestirse. Como él no se movía, ella tomó carrerilla—. La manipulación es para los listos de verdad; lo tuyo es empujar. Y quítate de mi vista, niñato de mierda.

El chico se fue, sí. Pero se fue, el cabrón, con media sonrisa.

—Ya hablaremos cuando estés más calmada. Por cierto —añadió antes de cerrar la puerta—, empiezo hoy en tu programa.

Berta pasó cerca de una hora rondando por la casa como una gata encerrada en una jaula, con el alma en pena y apurando lo poco que había en la nevera. Empezó a alternar la cerveza con el vino. Tenía el estómago entre revuelto y constreñido. Aunque lo intentó, no fue capaz de leer una línea de nada. Encender la televisión o la radio no era una opción, por nada del mundo quería enterarse de lo que estuvieran diciendo de ella, porque estaría en todas las tertulias, seguro, o al menos eso temía. Se acogió a la esperanza de que llegase la noche, tuviese la firmeza de escuchar su programa, porque era su programa, y pudiese disfrutar de que el niñato se trabase mucho e hiciese una mierda de emisión. Una mierda auténtica, esperaba. Pero mucho esperar era, faltaba una tarde entera.

Sacó su móvil, lo encendió, buscó el WhatsApp de Andrés, el productor, y escribió: «Hijo de puta». Le pareció burdo, borró y escribió: «Judas». Le pareció manido, borró y escribió: «Maldito Judas hijo de puta». Lo envió.

No pudo evitar la tentación y abrió su Twitter. Un instante sólo. Suficiente. Se espantó y lo desinstaló.

Ni veinticuatro horas hacía de la puta llamada y ya le había jodido la vida entera. Qué ritmo llevaba el mundo a pesar de ella.

Andrés no respondía, lo que la desesperó más. Tenía la pantalla llena de avisos y no paraban de acumularse más: mensajes, llamadas perdidas... La mayoría de su madre. Estaría preocupada. Lo había estado evitando pero en esa situación tampoco le quedaba otra: si salía ya, llegaría al pueblo antes de que oscureciese, en unas cuatro horas. Pocos sabían que eran madre e hija. Allí podría mantenerse aislada. A pesar de todo, era la mejor opción que tenía. Desde luego, mejor que nada.

En el valle

La junta local de festejos, reunida en el ayuntamiento, discutía sobre cómo reflejar el luto oficial en las fiestas patronales, que empezaban ya.

—Pues algo tenemos que hacer. —La alcaldesa buscaba algún modo, algún gesto, algún algo que mostrase respeto por el muerto, pero no sabía bien el qué.

—Por eso digo lo de acortar las fiestas un día —respondió el cura.

—Que no, padre, que no. Ya le he dicho que eso no puede ser.

—Pero ¿ése era de aquí? —El que preguntaba era Pedro, un vecino importante. Decidía cómo discurría el agua por las canalizaciones municipales que regaban los campos del bajo valle.

—Está todo contratado ya. —La alcaldesa seguía mirando al cura—. Acortar los festejos sería tirar a la basura un dineral.

—Pero esto es un imponderable, mujer.

—Que no, padre.

—Bebidas, meriendas para tres días, embutido para el sábado y el arreglo de la cazuela del domingo. A ver qué hacemos con todo eso. —Hablaba Luis, el carnicero, que también formaba parte de la junta de festejos.

—Y la pirotecnia, los artistas de la revista y el dúo musical, que también está pagado ya. —La alcaldesa seguía con las cuentas en la cabeza—. Una fortuna.

—Pero el chaval no era de aquí, ¿no? —insistía Pedro.

—Pues si las vaquillas tampoco se pueden tocar... —El cura se levantó de la silla con gesto de dar algo por perdido.

—Ni el baile. Yo no les quito el baile. —La alcaldesa seguía resistiéndose a decepcionar a sus votantes.

—En uno de ésos se conocieron mi padre y mi madre. —De nuevo, Pedro.

—Pues a ver qué hacemos. —La alcaldesa empezaba a aburrirse de la cuestión—. Porque algo hay que hacer.

—Yo de verdad que no sé a qué tanta leche, si el chico ni siquiera era de aquí.

—Pedro, no seas burro —le riñó el cura, que también era de fuera—. Eso no va así.

—Al final va a tener que ser lo que usted dice. —La alcaldesa hizo un gesto de rendición.

—Pues claro, hija mía. Y mira si llevamos rato dándole vueltas.

—Pero me jodía, padre, me jodía.

—Déjate de tonterías, que aquí los muertos siempre han sido cosa mía.

Las fiestas se dejaron tal cual, excepto que el reconocimiento al muerto sumó a la procesión y a la misa una ofrenda floral a la Virgen en el altar mayor.

Seguimos en el valle, ya casi hasta el final

—Hola, mamá, te veo fenomenal.

—Gracias, hija, tú tampoco estás mal.

Era la broma que se hacían para romper el hielo cuando llevaban un tiempo sin verse. Para que ocurriera eso, primero Berta tuvo que bajar el volumen de la radio del coche. Sonaba jazz. «Relaxing at Camarillo», de Charlie Parker. La había buscado en el CD casi en el camino de entrada. Una gilipollez, porque estaba claro que no iba a poder escucharla hasta el final, pero poner una de sus canciones preferidas era lo que solía hacer siempre en ese punto del camino, para acallar la frase que se le metía en la cabeza cada vez que doblaba el último recodo del sendero de tierra y avistaba el tejado de la casa de su madre. «Anoche soñé que volvía a Manderley.» Ésa era la frase que se repetía dentro de su cabeza, como si fuese una de esas canciones odiosas que se te pegan. «Anoche soñé que volvía a Manderley», «Anoche soñé...». Era la voz doblada de la protagonista de *Rebeca* en su cabeza. «Anoche soñé que volvía a Manderley», una y otra vez, una y otra vez, sin saber muy bien por qué. Y la imagen de la puerta de forja de la mansión en la película de Hitchcock se proyectaba como un fantasma de hierro justo encima del capó. Todo el rato, durante el breve camino. Y con un desajuste raro. Como un *frame* pixelado que no acababas de identificar y que te obligaba a revisar la secuencia, esa parte de la secuencia, intentando averiguar qué era exactamente lo que iba mal, sin posibilidad de avanzar en la narración y saltar a lo de «... me encontraba ante la verja, pero no podía entrar». Berta se mantenía siempre en esa primera parte de la frase: «Anoche soñé que volvía a Manderley», qué asfixia, como si en vez del principio fuese el final, respirando mal, intentando quitarse de encima esa sensación momentánea pero intensa de verdadera angustia vital. Una rayada.

Su madre salió a la puerta cuando oyó el coche. Se dieron un beso rápido. Pasaba un buen rato hasta que desaparecían los nervios de los encuentros poco habituales.

—Hola, mamá, te veo fenomenal.

—Gracias, hija, tú tampoco estás mal.

—Las últimas tres horas las he hecho del tirón, tengo que ir al baño.

—Corre adentro. ¿Traes algo delicado que haya que bajar?

—Nada. Sólo hay ropa y algunos libros.

—¿Tienes hambre? —El recurso de la comida, en una madre, seguía facilitando cierta posición indiscutible en el mundo—. ¿Quieres comer algo?

—No me acordaba, llevo una bolsa con lo que tenía en la nevera. ¿Lo puedes guardar?

—¿Has vaciado la nevera? —Eso era una novedad. Rosa miró a su hija, que estaba ya en la puerta de entrada.

Berta se paró y le devolvió la mirada.

—Sí, bueno, por si me quedaba unos días. ¿Te va mal?

—No, qué va. No me va mal. —La madre se sintió culpable por haber dejado notar la extrañeza—. Ya sabes la vida que hago aquí.

—Vale. —Teniendo en cuenta la rutina de su relación, Berta calculó el momento en el que le diría que esperaba quedarse como mínimo un par de semanas. Pensó que debería haberle llevado algún detalle. Y... joder... ¿la había llamado por su cumpleaños?—. ¡Ahora salgo! —Berta interrumpió todo pensamiento para correr al cuarto de baño.

Rosa abrió la puerta del maletero y bajó una bolsa de supermercado con las cuatro cosas que habían tenido la suerte de abandonar una maltratada nevera de ciudad para irse al campo. Cuatro porquerías. Las tiró a la basura en cuanto vio el contenido, segura de que Berta no las iba a echar de menos porque, entre otras cosas, su hija ni sabía ni quería cocinar. La esperó en la cocina, de pie, preguntándose hasta el último momento cuál sería el mejor modo de recibirla. Sacó un par de copas de vino.

Berta entró en la cocina secándose las manos en el vaquero. Un recorte de periódico ocupaba el extremo de la mesa. Reconoció el formato. Le pareció mentira lo familiar que era para ella a pesar del tiempo transcurrido.

—¿Sigue jugando a los periodistas, la vieja? —Berta sonreía mientras recorría con la mirada la hoja hasta que le llamó la atención el texto. Cogió el diario con las dos manos.

La tragedia cerca a Rosa Lezcano
Crónica de una muerte violentísima en casa de la artista

Catorce años lleva esta cronista enviando la relación semanal de lo acontecido en este pequeño pueblo al fondo de un valle tranquilo, y nunca, jamás como en estos últimos siete días, se me ha hecho tan necesario como difícil exponer lo que ha venido en sacudir la paz de las casi dos mil almas que habitan aquí, si sumamos a las trescientas del pueblo y las de aldeas aledañas, caseríos y cabañas.

Una tragedia inesperada, como casi todas las que se pueden considerar un drama, nos despertó a todos (alguno hubo, por no faltar a la verdad, que no se enteró) la noche del martes al miércoles entre las dos y cinco y las dos y cuarto, según diversas fuentes. Las hay que afirman que apenas pasaban de las dos, mientras que otras aseguran que eran casi las dos y veinte. Un disparo atronador sonó y resonó, en un fuerte eco por todo el valle. No hubo ser vivo, persona o animal, que no se llevase un enorme susto (excepto alguno que, como hemos avanzado, inexplicablemente no lo oyó y al que hubo que contárselo). A sabiendas de que la veda no había sido levantada y siendo en plena noche, todavía oscuro para la caza, más de uno temió que se tratase de una desgracia. Como así fue.

Para no dar paso a elucubraciones y después de recabar el testimonio de los más cercanos a las personas afectadas, esta cronista ha podido saber que el suceso ha sido un tiro dado a un joven de nombre Sebastián que vivía en la parte de arriba del garaje de la casa de la señora Rosa Lezcano, artista reconocida a nivel internacional que, después de una vida repleta de éxitos, vino a vivir en el que ha sido siempre su pueblo de acogida. La señora Rosa no es de aquí pero aquí vino de niña, así que siempre se la ha considerado una rayuelana más. El fallecido, al parecer, tenía intención de escribir un libro sobre la famosa actriz de cine y varietés, ya en edad madura.

En estos momentos poco ha podido averiguar esta cronista sobre el modo y el motivo de la tragedia, salvo: que ha sido de un tiro, como decimos; que la víctima atravesó una ventana por la fuerza del disparo, que era de escopeta, y que acabó en la piscina y dejó el agua «como el primer mosto», según declaró un vecino que presenció la retirada del cuerpo después de acercarse a preguntar. Nótese, por eso, que la descripción va entre comillas.

A lo largo del día del suceso, unos agentes se presentaron en la casa de doña Rosa Lezcano y, antes de marcharse, se dieron una vuelta por el pueblo. No fue posible conseguir más declaración que la que sigue: «No se descarta ninguna hipótesis». Así que a horas de lo ocurrido poco se sabe y la investigación continúa.

Hasta la semana que viene (a no ser que, antes, la investigación prospere), se despide desde Rayuela,

La Cronista de la Villa

—Pero, mamá…

—Ya. —Rosa hacía un gesto de asentimiento, como de comprensión, hacia la reacción de la hija.

—¿Ya? ¿Cómo que ya?

—Pues que ya ves, cariño. Un lío.

—¿Un lío, dices? ¿Cómo no me lo contaste?

—¿No has visto mis llamadas?

—Pero ¡pensé que lo hacías por mí! ¿Tenía algo que ver contigo?

—¿A qué te refieres?

—A él, a ese chico.

—Ya lo has leído, vivía aquí. En el cuarto del garaje.

—Pero ¿teníais algo que ver?

—¿Como un amorío?

—Sí, como un amorío. —Berta sintió algo de impaciencia—. ¿Teníais algo en ese sentido?

—Uy, qué va, cariño. Ojalá. —La Lezcano se rio—. Qué ocurrencia. Si le doblo la edad. Bueno, le doblaba.

48

—Eso no tiene por qué ser un problema. —A Berta la ofendió un poco que su madre se riera. Nada parecía tener mucha importancia para ella, con lo que conseguía, sin pretenderlo, que los demás quedasen siempre como afectados, exagerados, temerosos o paletos—. Parece mentira, tú, que te las dabas de moderna.

—¿Yo? —Rosa guardó silencio unos instantes—. A ver, hija, depende de la edad que una esté doblando. No es lo mismo doblar los veinte que los cuarenta, ¿verdad?

—No, no es lo mismo.

—Pues ya está. Yo le doblo sus treinta.

—Ya.

—Le doblaba. Le doblaba sus treinta. No se me hubiese ocurrido ni planteármelo. Sólo de pensarlo me siento aún más vieja.

—Vale, mamá. Ya está. —Berta no soportaba compadecerse de ella—. ¿Y por qué me llamó?

—¿Te llamó quién?

—Él, el muerto.

—¿El muerto te llamó?

—Sí. Tiene que ser él.

—¿De qué hablas?

—Coinciden el día y la hora. ¡Tuvo que ser él!

—Habla más despacio, Berta, por favor, no te entiendo.

—Alguien llamó al programa y se disparó. Ayer. De madrugada. ¡Tiene que ser él! ¡Tu muerto! Llamó para contarme algo, pero no llegué a entenderle.

—Yo sí que no entiendo nada. ¿Sebastián te llamó?

—Sí, y se disparó, ¡en directo! Joder, mamá.

—No puede ser…

—¿Mamá?

—Ay, hija, perdona. Te escucho. Te llamó a la radio, al programa.

—Sí, al programa.

—Ah, claro. Por eso se cayó con el inalámbrico en la mano. Estaba a su lado, hecho cisco. Es sólo que... me sorprende que te llamase a ti. Qué raro.

—Dímelo a mí. Pensaba que tú sabrías algo.

—Ya ves que no. ¿Y qué te dijo?

—Nada, no contó nada. Al principio parecía que quería hablar, pero al final no arrancó.

—Vaya.

—Pasa algunas veces. Normalmente lo más difícil es que se decidan a marcar y aguanten la espera y los tonos, pero una vez descuelgas, si siguen ahí, suele ir todo rodado. Aunque hay gente que no. Éste no. El caso es que se lo noté enseguida. —Berta se interrumpió un segundo. Su madre no dijo nada—. Lo intuí, no sé muy bien cómo. ¿Por qué coño no colgaría? Debí cortarle antes.

—Lo siento mucho, cielo. —Rosa sirvió las dos copas de vino.

—¿Por qué me llamaría a mí, mamá?

—No se me ocurre por qué pudo hacer eso.

—¿Sabía que soy tu hija?

—Bueno, cariño, en este pueblo, ¿cómo no iba a saberlo?

—Ya.

—¿Y te ha pasado algo?

—¡Pero si te lo estoy contando!

—No te alteres, hija.

—Ha habido un poco de lío. —Berta tomó aire—. Lo normal. Me han obligado a coger unos días de descanso.

—Claro, claro.

—¿De verdad no te habías enterado de que me llamó? Todo el mundo habla de ello.

—¿Yo? No, cariño. Aquí también hemos tenido lo nuestro.

—Claro.

—¿Estás bien?

—Pues no, mamá. Bien no estoy. ¿Y tú? ¿Cómo puede ser que estés tan normal?

—No, mujer. Normal tampoco.

—Ya. —Berta apuró su copa—. Eres como un replicante, no tienes corazón. Ponme más.

Y su madre sirvió más vino después de objetar:

—No te pases. Que a mí también me sabe mal.

SEGUNDA PARTE

El pueblo acogió la llegada de Berta con extremo interés después de la tragedia en la casa familiar. Se reconocía el gesto de la hija, aunque cualquier otro comportamiento se hubiese considerado un desprecio a la madre y un desafío a la fortuna, porque, eso en el valle todos lo sabían, si eras mala hija no podías tener buena vida. El cielo hacía su justicia.

Como la chica de la Amparo, recordaban de vez en cuando. Un ejemplo sacado a colación siempre que era necesario. Había pillado lo que llamaban en Rayuela un cáncer malo. La señora Amparo regentó la frutería de la plaza durante más de quince años, y a su hija, desde que se fue a estudiar, no se la vio más que en Navidad. El padre quedó senil y la madre lo tenía todo el día en una silla, más allá del mostrador, para que el hombre se entretuviese viendo quién iba y quién volvía. Vicente, se llamaba, iba vestido con un bañador de licra bajo el traje de pana. Fue la solución que encontró su mujer a la manía que le dio de bajarse el pantalón a la salida de misa. No quería encerrarlo, porque el pobre hombre se ponía histérico y ella tenía miedo de que se hiciese daño. Tampoco podía atarlo, porque le daba pena y no se le antojaba cristiano. Como la mujer tenía que trabajar, ésa fue la solución que encontró, y el hombre tan contento y convencido de que se paseaba entre las beatas en ropa interior. Después de que se diese un par de vueltas por la plaza, el mismo cura, que salía a tomarse el vermut, le devolvía del brazo para casa.

Pues ni en ésas se hizo cargo de nada la hija.

La chica había sacado plaza en correos y escogió una oficina de la capital de la provincia. Para ser justos, hay que decir que la muchacha le dio vueltas a la posibilidad de pedir una excedencia, incluso un traslado al valle, pero no soportaba la idea de verse allí metida. ¿Cuánto podía durar la situación? ¿Un año? ¿Dos? Y después de su padre llegaría el momento de atender a su madre, y entonces ¿qué? ¿Cinco años? ¿Diez? Ella tenía treinta y tres. Propuso buscar un centro para el padre, una residencia para ambos, alguien que viviese en la casa con los ancianos… Ninguna opción era válida. Su madre no decía que no del todo, pero tampoco se decidía. Esperaba, sencillamente, que volviera su hija. Pero eso no sucedió. En el pueblo comentaban que ése era el problema de tener una sola hija, que dependías demasiado de cómo te salía. Y eso que era chica, que de ser varón habría sido peor. El matrimonio se fue de este mundo, primero el uno y después la otra, en el piso de arriba de la frutería. Cuando la señora Amparo ya no pudo con el marido, ni con la tienda ni casi consigo misma, les atendieron las vecinas. Porque si algo tenía Rayuela es que no existía el abandono. No había vecino en ese pueblo que se muriese solo. Ni queriendo. Para algo se conocían todos.

La hija de la Amparo no debió de sobrevivir a los padres mucho tiempo. Al menos eso creen en Rayuela, aunque ninguno lo sabe con certeza, pero se la vio muy desmejorada cuando murió su madre y presidió el entierro.

Berta y Rosa desayunaban en la pequeña terraza de la cocina. Ninguna de las dos había dormido mucho. Se les notaba en las ojeras y la conversación, extrañamente pausada.

—¿Qué tal sigue Paulina?

—Estará al caer. Ahora viene prácticamente todos los días. Hice la casa demasiado grande, hija. Me puede. Se me come entera.

—¿Y qué sabe de esto?

—¿De lo de Sebastián? Todo. Si ya te dije que no hubo nada. Es más, cuando Sebastián vino por primera vez estaba Paulina. Ella le abrió la puerta. Él preguntó por mí y le respondió lo de costumbre, que yo no estaba. Entonces le explicó algo sobre un documental que quería hacer y le pidió que me diese el recado. La otra le contestó que yo no atendía a periodistas, pero él insistió. Y volvió al día siguiente. Y al otro. Y al tercero plantó un sombrajo y una sillita a la entrada de la propiedad.

—¿Eso no es acoso?

—¿Qué me van a acosar a mi edad? Pero, bueno, no me hizo gracia. Llamamos a los municipales y le dijeron que ahí no podía estar y que recogiera. Recogió, pero volvió. Y pasó la noche al raso. Le vio Paulina al irse y al volver por la mañana. El chico no le dijo nada. Sólo la miraba. Cuenta Paulina que parecía un perrito, todo hecho un ovillo. Ya sabes la humedad que cae por las noches. Llegó a darme algo de pena, la verdad. La cuestión es que aguantó todo el día, pero cuando volvió la noche se fue a dormir a la fonda. A primera hora lo tenía otra vez en la puerta, sentado en el suelo con una botella de agua y algo de fruta en una bolsita. Así hasta una semana. Si no era Paulina, era Raúl el que lo veía.

—¿Cómo está?

—¿Raúl? Bien, supongo. Yo le veo como siempre.

—¿Sigue llevando el jardín?

—Sí, claro. ¿Por?

—No, por saber. Hace tiempo que no le veo.

—¿Cómo vas a verlo si no estás?

—Podríamos haber coincidido, no sé. A veces vengo, mamá.

—Difícil. Él no trabaja los fines de semana.

—Pues por el pueblo. Pero, vaya, que era hablar por hablar.

—Creo que sigue soltero.

—¿Y a mí qué más me da?

—No lo decía por ti, hija. Lo comentaba, nada más.

—Ya. —Berta se levantó de repente para rellenar una taza de café que aún tenía a medias. Al ver que la cafetera estaba vacía hizo un gesto de fastidio y golpeó la encimera con ella.

—Pero bueno, ¿y eso? —A Rosa le divertía lo exagerado de la reacción de su hija.

—¿El qué?

—¿Aún te gusta?

—¿A mí? —Berta levantó la voz y se puso una mano en el pecho. Efectivamente, la reacción era exagerada.

—Te gustaba, ¿no?

—Ay, por favor, no digas tonterías.

—Pero salíais juntos.

—Mamá, de verdad, déjalo ya.

—Vale, hija, si a mí me da igual.

Siguieron sentadas en silencio hasta que Berta volvió a romperlo.

—¿Cuándo viene?

—Cuando quiere. Dos o tres días a la semana o así.

—Bueno, ¿y qué más? Decías que a Sebastián le veían por las mañanas en la puerta del camino.

—Pues eso, que Raúl se lo decía a Paulina y al final a ella le dio pena. Ya sabes lo simple que es y lo sola que está. La pillé un día dándole de merendar.

—¿Lo metió en casa?

—Casi. Hasta el porche de entrada.

—Vaya.

—Así que, hija, Paulina lo sabe todo desde el principio.

—O sea, que lo sabe el pueblo entero.

—Por supuesto. Pero es mejor que sepan a que imaginen.

—También.

—Aunque les da igual, ¿sabes? Paulina viene escandalizada cada día con lo que le preguntan y... esto es lo mejor de todo... con lo que le cuentan sobre esta casa. Como si pudiesen saber lo que pasa aquí antes que ella.

—¿En serio?

Rosa levantó la vista por encima de la cabeza de Berta y se recostó en el respaldo de su silla.

—Tú misma...

Paulina hizo acto de presencia con cara de pocos amigos, arrastrando los pies y abrochándose la bata de trabajo con una mano mientras en la otra cargaba un capazo de mimbre con el ánimo de Sísifo empujando su roca ladera arriba. Se transformó al ver a Berta.

—Pero bueno, ¡¡qué alegría!! ¡Ya me dijeron que te habían visto llegar! —Para mostrar entusiasmo, Paulina gritaba.

—¿Qué hay? —Berta se levantó y se dieron dos besos. La mujer estaba sudada—. ¿Cómo estás?

—¡Pues igual, chiquilla, igual! ¡Con las teclas de siempre y alguna más! ¡¿Y tú qué?! ¡¿Ya tienes novio?!

—No, no. Qué va. Yo también sigo igual.

—¡Tú no te preocupes, niña! ¡Que ya llegará! ¡El que tenga que ser el tuyo será!

—No, si yo estoy bien así…

—¡Que aún eres bien joven! ¡Y bien guapa!

—Gracias, Paulina. Pero tampoco te creas que tengo ganas yo de…

—¡Y el que no quiera verlo, a tomar viento! ¡Él se lo pierde! ¡Di que sí! ¡Otro vendrá!

—Pues eso digo yo. —Berta se rindió.

—¡Tú, a disfrutar! Eso sí… ojito… —En este punto, como siempre que hablaba de grandes desgracias, Paulina bajó la voz—. Que mira si no la Aurora, la hija del Casemiro, la del bar, que el otro día dicen…

—Paulina, por favor. —Rosa consiguió pararla—. Berta llegó anoche y seguro que hay cosas más interesantes de las que hablar.

—¡Pues claro! —Paulina guardó silencio durante un segundo. Buscaba otros temas de los que hablar. Volvió a bajar la voz—. Pero es que se ve que está en estado.

—¡Paulina! ¿Cómo tengo que decírtelo? —A Rosa le exasperaban esas maneras de chismosa superlativa.

—El Casemiro debe de estar…

—No es Casemiro, Paulina, es Casimiro. —Berta quiso ayudar a su madre en su esfuerzo por dejar a un lado la cuestión de un supuesto embarazo que podía nutrir una disertación de horas.

—¡Es Casemiro! ¡Está así escrito en el registro! ¡Se equivocó el secretario del ayuntamiento, que siempre ha sido un inútil total! —respondió Paulina, muy digna.

—¿En serio?

—Sí, hija. Aunque parezca mentira —añadió Rosa—. Ahora hay un futbolista que se llama igual.

—Pues no he dicho nada. Bueno ¿qué?, ¿qué tal estás?

—Yo bien, gracias. Aquí sigo. ¿Y por la ciudad? Te deben de salir a ti una de novios… —insistió.

—Paulina —terció Rosa con mayor acierto—, veo que has podido pasar por el mercado —dijo mirando el capazo que había dejado en el suelo la otra al entrar.

—Sí, señora. Pero no había cardos, ya le dije que aún no es temporada. He traído acelgas. Está el pueblo que revienta. No saben más que hablar. —Todo esto lo dijo del tirón—. ¿Y no resulta que me cruzo con la de los pollos y me pregunta que si es verdad que está usted toda *derringlá*?

—¡¿Yo?!

—Sí. *Derringlá*. Así lo ha dicho.

—¿Yo *derringlá*? —A Rosa le dio pudor pronunciar aquello—. ¿De qué?

—De pena.

—¿De pena? —repitió, ya más compuesta y, a su pesar, con curiosidad.

—Sí. Por la pérdida.

—Será posible… —Rosa se levantó y empezó a dar pasos bordeando la mesa.

—Y que por eso no se ha asomado por la comisión de fiestas.

—¿A la comisión de fiestas? —Se le puso una expresión de mucha extrañeza—. ¡Pero si yo no he ido nunca!

—Eso le he dicho yo, pero ella me ha dicho que este año no es igual.

—¿Y por qué no es igual?

—Porque se le ha matado el Sebastián.

—¡¿Qué se me ha matado a mí?! —dijo Rosa, estupefacta.

—El Sebastián.

—¡¡Pero si ese chico no era nada mío!!

—Bueno, señora, pero vivía aquí.

—¡¿Y qué?! ¡Desde hacía un par de meses como mucho!

—¿Dos meses? —Ahora era Berta la que estaba estupefacta.

—Más de tres —le aclaró Paulina.

—¡Mamá!

—Pero, bueno, dos meses o tres, ¡¿qué más dará?! —Rosa levantó la voz, y se le notaba en el tono cierta rabia—. No era nada mío. Y además, ¿qué tendrá que ver eso con que tenga que ir yo a solventar lo de las fiestas?

—Pues *pa* que se la vea normal.

—¿A mí? ¿Que se me vea normal? Pero ¿eso qué quiere decir?

—Claro, mujer. Si pasa lo que pasa y después no se muestra, pues la gente murmura que no quiere que se la vea y que por algo será.

—Pero ¡si yo no he ido nunca a nada de las fiestas!
—Rosa estaba fuera de sí—. ¡¡Si lo normal es que no vaya!!

—Pero este año no es igual. —Paulina, sin embargo, se mostraba inmutable. Casi cruel.

—Mamá, déjalo. —Berta quiso rebajar la tensión, pero no fue capaz—. Me parece increíble que ese chico llevase aquí tres meses y no me dijeses nada.

Rosa seguía dando vueltas alrededor de la mesa.

—Y si hubiese ido, ¿les habría parecido normal? ¿Y qué esperan que haga cuando lleguen las fiestas? ¿Que vaya o que no vaya? ¿Qué hago yo este año? ¿Se pega un tiro uno en mi casa y yo me voy a la verbena o me pongo de medio luto lo que queda de verano?

—¡No, mujer, a la verbena no! ¡Eso sería un escándalo!

—¡¿Entonces?! ¡¿Mejor el luto?!

—¡Usted dirá! ¡No va nunca, y justo este año acude a bailar! Y lo del luto, ¡válgame Dios! ¡Pues no daría usted que hablar! Tiene unas ocurrencias...

—¡¡Sois vosotros, que estáis todos locos!! ¡¿Lo ves?! —bramó Rosa mirando a su hija—. ¡Pues así todo! ¡Si vas porque vas y si no vas porque no vas! ¡Toda la vida igual!

—Mamá, sabes de sobra cómo son estas cosas. Parece mentira que te pongas así. Y que no me contaras lo de ese chaval.

—¡Uy, pues a ver qué querrá usted! —Paulina seguía con la cuestión. No entendía, y nunca entendió, qué problema veía Rosa en la atención que le prestaba el personal en situaciones como ésa. Al fin y al cabo era una artista. Era lo que querían las artistas, ¿no? Paulina estaba convencida, vamos, y eso lo sabía ella seguro, de que el día que nadie le hiciese caso esa mujer se moría—. ¡Encima de que están pendientes!

—¡¡Pagaría para que no cotuviesen tan pendientes!! —Rosa estaba fuera de sí.

—Mamá, por favor.

—¡Bueno, pues *na*! ¡Ya lo ves! —Paulina estaba satisfecha. Se sentía ganadora de algo—. ¡Tu madre, más contenta si no la quisiera nadie!

—Pero ¿qué tendrá que ver eso con el querer? —La Lezcano empezó a desfallecer. Bajó el tono como el que sabe que ya no tiene nada que hacer.

—Mamá.

—Ya, ya. —Rosa volvió a sentarse. Respiró hondo.

Berta la miró y estiró una mano hacia ella, buscando acompañarla hasta que encontrara la calma.

—¡Bueno, ¿qué quieren *pa* comer?! —Paulina estaba exultante—. ¡Algo de olla, que les dura *pa* mañana, que es sábado!

La mujer se adentró en la cocina. Desde allí, levantó más la voz para asegurarse de que la oían.

—¡Pues lo que yo te digo, chiquilla, a los hombres... lo justo! ¡Que después se te suben a la chepa! Aunque en Madrid... ¡tienes que haber visto de *to*!

El cementerio en Madrid estaba bien, pero nunca fue comparable a la ribera del río en el pueblo. Le encantaba correr por los márgenes. El derecho la llevaba desde la casa hasta el puente, y el izquierdo la traía de vuelta, como montada en una cinta mecánica. Ni siquiera tenía, si no quería, por qué pensar en nada. Aunque más que río era arroyo, pero muy vivo. Medio metro de profundidad de un agua nerviosa que invitaba a seguirle el ritmo, a correr a la par por un caminito paralelo al cauce que, de vez en cuando, tocaba abandonar si se cruzaba con algún rebaño paciendo en esa franja mínima que era tierra comunal, despejando el acceso para el que quisiera pescar. Sostenibilidad rural, beneficio compartido, colaboración asociativa. En la gran ciudad empezaba a ser motivo de lucha de ciertos colectivos y hasta disciplina de estudio, mientras que en el valle estaba dentro de lo habitual. Los de aquí queriendo tener lo de allí, y a la inversa. Toda la vida igual.

Durante el trayecto de vuelta vio a lo lejos una figura menuda y rubia entre los castaños. Recogía algo. Con la moda de volver a lo natural, la zona recibía visitantes de vez en cuando.

Su mayor afán solía ser dar un paseo de vieja y reventar después comiendo cordero. Motivo suficiente, al parecer, para meterse dos horas y cuarto de retención de tráfico al volver a casa. Domingueros de capital.

Después de la ducha se paseó por el jardín. Desde la cocina se accedía a un patio con una mesa y seis sillas de mimbre bajo una enorme sombrilla. En más de treinta años, apenas había cambiado nada en aquella casa. Su madre no sentía ningún interés por la decoración. En su momento compró lo que le pareció y, a partir de ahí, reponía lo que se rompía. Sin más. A los intentos de Berta de cambiar algo en el patio o en el salón, Rosa respondía invariablemente que no. Que en esta vida ya había cambiado suficiente de escenarios, que no necesitaba ningún tipo de renovación. Quiero que las cosas estén como están, en general, decía. A Berta la inmovilidad del entorno le parecía opresiva. No asfixiante, no tanto, no dejaba de ser su casa, y no estaba del todo mal. Lo sentía más bien como un abrazo dado con demasiado entusiasmo; como coger el aire por un cuello de botella. La ventana al mundo se achicaba como la boca de la bolsa de la basura al sacarla del cubo, encogida por el peso de la porquería. Era como si ella estuviese dentro, junto a los desperdicios, en la miseria, intentando seguir mirando hacia arriba.

Avanzó por la zona de sombra cercana a la vivienda. Unos veinte pasos después, la construcción principal acababa y se

abría en una explanada brillante de sol y exasperante de ca
lor. Avanzó rápido y cruzó en diagonal para evitar la escalerilla que llevaba a la parte de arriba del garaje, al estudio. Se
alejó cuanto pudo, controlando una sensación de desamparo
e intemperie que le recordó a los miedos infantiles. A ese temor irracional que no cede ni siquiera ante la aparente seguridad de que el monstruo no está, pues nunca está uno seguro
de nada por mucha luz que aplaste al mundo contra ese suelo
caliente, quemado. Rodeó el cubículo ciego como si se tratase de un agujero negro que la tragaría en cuanto traspasase
el límite máximo de proximidad. Y no quería estar más
cerca de lo que estaba ya. Ni siquiera sabía si se hallaba lo
bastante lejos. Le dio miedo seguir avanzando por si acaso
ya no había remedio, pero no quiso rendirse al absurdo de
huir de algo que no la perseguía, que no la perseguía a ella o
que no la perseguía ya. Sintió el frescor antes de contemplar
la tupida cubierta de pinos después de la zona de secarral
donde se intercalaban laureles esqueléticos, ficus enormes,
algún algarrobo y, al fondo, un espléndido magnolio. Un
magnolio en floración. Un árbol mágico. Berta intentó alcanzar la flor más cercana, pero quedaba demasiado alta. Contó
los pétalos. Diez. Siempre tenían diez. Una vez encontró una
de nueve y pensó que era una mutación. Lo recordaba con
pesar. Tan excitada estaba que arrastró una silla hasta el árbol, se encaramó y la cortó. La cogió con las dos manos para
protegerla, toda una paradoja después de la amputación.
Algo muy humano. Parecía de cera, tan perfecta, de no ser
por los nueve pétalos. Los contó otra vez: uno, dos, tres, cuatro, contaba despacio, cinco, seis, siete, ocho, nueve... diez.
Diez pétalos. Diez finas piezas de terciopelo color crema rodeando una yema erizada, algo histérica vista de cerca. Era

una magnolia como otra cualquiera. Cuánto puede decepcionar la maravilla cuando se pone demasiada expectativa en ella. La llevó a su habitación y allí estuvo durante tres días, perfumándola, hasta que empezó a ponerse fea. Mustia. A Berta le dio tristeza y la tiró a la papelera. Nunca hasta ese momento había vuelto a acordarse de ella.

A unos cincuenta metros de la casa empezaban los frutales: un limonero, tres naranjos, dos granados, un ciruelo, un peral, dos manzanos y una higuera. Una elección caprichosa que no tenía en cuenta ni el clima ni la calidad de la tierra, pero funcionaba. Todo iba. Al fondo estaba la parra y, un poco más abajo, una zona libre que en algún momento había albergado una huerta. La mandó quitar su madre. No le gustaba verla. Decía que le recordaba a la vida en los cuarenta, a la posguerra, cuando las plantas ornamentales eran una *boutade*. Así lo decía, *boutade*, como sinónimo de cosa superficial, inútil, ineficaz.

—Los frutales pasen, pero a mí no me pongas en el jardín unas cebolletas.

Era algo extravagante la manía que tenía Rosa a la huerta considerando que los algarrobos los había plantado ella.

—¿Algarrobos?

—Algarrobos.

—Si no pegan nada, doña Rosa.

—Mi padre se pasó cuatro días a base de algarrobas y agua de pozo cuando la guerra. Nunca se sabe.

—Por Dios, doña Rosa.

En los márgenes crecían pequeñas matas aromáticas de lavanda, tomillo, romero y hierbabuena. Por todas pasó Berta la mano.

Y en el extremo más alejado, más allá de las macetas de verbena, banderita española y geranios de flor roja, se encontraba el rincón del paraíso. El contraste impactaba. Un rectángulo, de siete metros por tres, delimitado desde el cielo por una descontextualizada enredadera repleta de racimos de una flor carnosa, de color turquesa y forma rara. De uña. De uña bestial. De garra. Decenas, centenares de uñas vegetales de color turquesa colgadas de un delicado enrejado verde. Uñas de pájaro. Un emparrado de jade. Habían crecido tanto que casi tocaban los extremos de las flores que tenían debajo. Aves del paraíso. Parecía que jugaban a las estalactitas y las estalagmitas, una combinación de flores que bien podría ser en el mundo vegetal lo que jugar a los médicos era para los humanos en general. Flores que caían y flores que se elevaban a punto de unirse en aquella gruta psicodélica donde siempre se le erizaba a uno la piel de la nuca. El sistema de riego mantenía una humedad constante que nutría aquellas flores llenas, gruesas, egoístas, voraces. Fuera, en la solana, casi daban pena las otras plantas. Berta no había entrado en aquella esquina extraterrestre desde hacía tiempo. Meses, tal vez años. La miraba siempre desde fuera. Esa vez no se dejó intimidar. Decidió dar el paso. Uno. Y después otro. Y con otros dos llegó al centro del superpoblado zoo vegetal. Porque más que plantas parecían bichos. Y retirando la mirada casi para irse, recogiendo velas orgullosa del avance, vio algo. Algo distinto. Algo que no se parecía a nada de lo que había visto antes allí. Se acercó y, aunque estaba sola, no pudo evitar preguntar en voz alta:

—¿Qué coño es esto?

Una flor negra, grande, una especie de murciélago con las alas a medio desplegar y varias cabezas, con unos bigotes largos y gruesos, como tendones en reposo, cayendo hacia todos lados. Daba la impresión de que, en caso necesario, la misma flor podría levantarlos. Vista de lejos, resultaba extraña. De cerca, daba miedo. Y algo de asco. Berta se preguntó a qué olería aquello.

—Yo que tú saldría de ahí.

Hacía tiempo que Berta no se llevaba un susto así. Con lo brusco de la retirada, metió un revés a un ave del paraíso y se sorprendió por lo compacta que era, por su resistencia al golpe. Qué fuerte era. Y cómo pesaba.

—Perdona. —Era él, claro. Quién iba a ser si no—. Es que está a punto de saltar el riego.

Berta se miró la mano al notar que la tenía mojada, pero no era agua. La flor que había golpeado estaba ligeramente quebrada.

—Creo que la he roto. —A Berta la sorprendió su propia voz, un punto demasiado aguda. No la reconoció como suya.

Raúl se acercó a las dos, a la flor y a ella, y las examinó. En particular a ella, pero primero a la flor.

—Hacía tiempo que no te veía. —No la miraba mientras hablaba.

—Sí, bueno. —Berta había recuperado su tono habitual—. No vengo mucho.

—Normal. Si yo viviese en la capital también vendría por aquí lo justo.

Berta dio medio paso atrás, sólo medio, lo que le permitieron los habitantes de aquel poblado vegetal. La tiranía de aquellos bichos clavados al suelo se hacía notar.

—Me sorprende oír eso, Raúl. —Se obligó a decir su nombre con seguridad. En concreto para convocar esa seguridad—. Pensaba que eras tú el que había querido volver de la ciudad.

—Ya. —Él bajó un segundo la cabeza—. Es verdad. Pero tampoco podía hacer mucho más. No me fue muy bien por allí.

—La ciudad es difícil, a veces.

—Qué va. La ciudad es cojonuda y se te abre de piernas enseguida. Es la gente la que da pena. La gentecilla. La ciudad está llena de gentecilla.

Berta desvió la atención a la flor herida; no le apetecía nada seguir con la conversación. Quería escapar. Ya.

—Creo que he oído a mi madre. Oye, siento lo de la flor. —Empezó a retirarse.

—Espera. —En un gesto que podría haber terminado con la aparición de una Magnum 44 como prolongación de su brazo, Raúl desenfundó unas escalofriantes tijeras de podar y le cortó la cabeza al animal herido. Un sacrificio. Se la tendió a Berta—. Bienvenida.

Berta cogió la flor, enorme, de tamaño similar al de su cara, con las dos manos. Aceptó la ofrenda y dio las gracias en voz baja mientras pensaba en lo extraña que era y en cómo pesaba la jodida planta, un asterisco de colores confrontados, dos llamaradas dobles de color naranja que abrazaban el nacimiento de dos puntas de flecha de un azul intenso, clavadas en lo que algún día fuera su vaina, roja, rasgada. Una flor hecha de tripas al aire que reventaron el receptáculo madre. Como si después de un parto no se hubiera cortado el cordón umbilical. Era una flor violenta. Como un puto alien. Raúl, la planta y ella ocupaban todo el espacio libre entre dos matas, y cuando empezaba a sentir ganas de escapar, de echar correr, se dispararon los aspersores de techo.

—Mierda. —Berta huyó.

—Me alegra que estés aquí. —Raúl se apartó del agua con parsimonia. Parecía contento—. A ver si nos vemos.

El sol la aplastó al salir de la zona tropical. Una no se

daba cuenta de dónde se había metido hasta que lo veía desde fuera. Raúl aún gritó:

—¡No me has dicho hasta cuándo te quedas!

Como no tenía ganas de hablar y tampoco conocía la respuesta, le contestó elevando ligeramente las manos que sostenían a la bicha muerta como una Salomé cualquiera, brindando con la cabeza de la bandeja. Qué asco, qué asco, si hasta parece que lleve la lengua fuera, pensaba. Raúl seguía en la zona oscura del zoo vegetal. Berta se acordó de la flor aquella. La flor negra. La había perdido de vista en cuanto llegó él. Como si se hubiese agachado, la muy perra. Dejándola sola entre las fieras. Nada más verla, supo que no podía fiarse de ella. Se asustó de esa última ensoñación. A veces temía que se le fuese la cabeza.

Llegó a la cocina, donde se encontró a su madre.

—Buenos días, querida. Paulina ha traído la prensa.

Sobre la encimera, un ejemplar de *El Provincial*. Siempre le gustó más el lema con el que se anunciaba el periódico antes de que lo comprara aquel gran grupo editorial. Se llamaba *El Provinciano*. Sin complejos: «*El Provinciano*, el diario que te queda más cercano». Le encantaba aquella publicidad tan inocente. Tan sincera. Lo primero que hicieron los nuevos dueños fue cambiarla. Le retocaron el nombre y quedó como *El Provincial*. El nombre original les parecía demasiado… rural. El peso de la flor hacía que Berta empezase a notar molestias en el brazo.

—¿Dónde dejo esto?

—¿La has arrancado?

—No, la ha cortado Raúl.

—Qué raro. —Su madre miraba la carga desde la encimera—. Nunca trae de ésas.

Berta no coperó más y la dejó sobre la mesa. Corrió a lavarse las manos.

—Qué grande es —dijo Rosa al cogerla—. No sé dónde ponerla.

—¿No te parece que pesa mucho?

—No. —Rosa la sopesó. Negó con la cabeza—. No me parece que pese mucho. Pesa lo normal para lo grande que es. —Miró a su alrededor, repasando con la vista los armarios—. Lo que no sé es dónde voy a ponerla.

—¿El periódico es de hoy?

—Creo que sí. —Su madre buscaba un recipiente con la bicha en la mano—. ¿Has desayunado?

—No, he salido a correr. —Berta empezó a ojear el periódico—. Lo que necesito es un café.

—Pues yo también. —Abrió un par de puertas de armarios y observó el interior—. Esto no cabe en ningún recipiente.

—Debe de ser difícil cultivarlas aquí.

—Ni idea. Eso es cosa de Raúl. A mí, mientras no me quiera cobrar más... —Rosa seguía buscando un florero adecuado. Se asomó a la alacena.

—¿Quieres que ponga yo el café?

—No. —Se dio la vuelta con brío y se dirigió al centro de la cocina—. A la mierda. —Tiró la cabeza amputada del ave del paraíso al cubo de la basura.

Berta se sobresaltó. Se sentía culpable por que hubiese sido cortada y se había convencido de que la planta tenía algún valor, aunque no sabía muy bien el motivo.

—No te preocupes, no se va a enterar. Raúl no entra nunca en la casa. —Sacó la cafetera—. ¿Qué dicen las noticias?

Berta siguió pasando páginas.

74

—Cataluña, corrupción, fraude, paro, acoso escolar, ¡hombre, una boda! «La afamada cantante Bibiana Menéndez contrae matrimonio con el conocido empresario del azulejo Pascual Bosquejo. Después de tres años de satisfactoria relación, la feliz pareja se ha dado el sí quiero rodeada de toda su familia, incluidas dos hijas de él, de un matrimonio anterior, en la iglesia de Nuestra Señora de la Asunción de la localidad de...»

—Pues no los conozco.

—Mamá, tú no conoces a nadie.

—Porque tú lo digas.

A Berta le hizo gracia ese gesto tan de allí en su madre, que nunca se había interesado en conocer a ninguna de las personas supuestamente importantes de la zona. Levantó el periódico para que Rosa viese una foto de los contrayentes, que bien hubiera podido pasar por el retrato oficial del matrimonio real.

—Ella está operadísima —remató su madre, tan parecida a veces a las demás—. Mira a ver en Cultura qué dan.

—Voy. Aquí, «Cultura y comunicación».

—¿Por qué lo juntarán?

—Porque hemos perdido toda credibilidad —bromeó Berta—, vosotros, los artistas, y nosotros, los periodistas. Hasta Deportes nos pasa por delante. ¿Te acuerdas del barullo que se formó porque Cristiano Ronaldo estaba triste? No hubo manera de parar aquel montón de... —Berta calló.

—¿Qué?

Berta seguía con los ojos fijos en el papel.

—¿Qué pasa?

—Aquí hablan de ti, mamá.

Rosa se acercó y leyó por encima del hombro de su hija.

—Y de ti, querida. Y de ti.

El miedo y la incertidumbre atenazan una pequeña zona rural

Carlos Montera/Capital. Un disparo de escopeta acabó con la vida de un hombre de 38 años en la noche del martes al miércoles, hacia las tres de la madrugada, en la pequeña localidad de Rayuela. El fallecido, que responde a las iniciales S. P. L., vivía en la casa de Rosa Lezcano, de 67 años, antigua artista y musa del cine neorrealista italiano. Se desconoce la naturaleza de su relación.

La víctima llamó a un programa de radio nocturno de los que ceden su espacio a los oyentes, momento en el que recibió un tiro mortal. Al otro lado del teléfono estaba la locutora Berta Martos, quien resulta ser hija de la ya citada actriz Rosa Lezcano, anfitriona del fallecido en el momento del suceso. En la conversación no se percibe reconocimiento alguno entre la víctima y la periodista.

La emisora de radio informa de que, por el bien del programa, de las pesquisas y de la propia locutora, Berta Martos ha sido relevada temporalmente de su puesto. Los directivos de la cadena añaden que lamentan lo ocurrido y que están a disposición de lo que requieran los agentes a cargo de la investigación.

Las fuerzas de seguridad no han confirmado si se trata de un suicidio precedido de un intento de confesión, y por el momento se niegan a dar detalle alguno del suceso.

Todas las hipótesis siguen abiertas.

(En la versión digital de este periódico pueden encontrar el enlace a la grabación completa de la llamada que S. P. L. realizó a la radio, en la que se oye lo que parece ser el disparo que acabó con su vida.)

Ilustraba la noticia una foto a media página de un hombre ensangrentado en el suelo de hormigón. Parecía haber quedado en mitad de un movimiento. La parte superior de su cuerpo intentaba mirar al cielo mientras que de cintura para abajo mantenía la postura de alguien que había reptado. Sus rodillas tocaban el suelo. Los distintos puntos de vista de las dos partes principales del cuerpo venían dados por la torsión de la cintura. Su cabeza quedaba a un palmo de la piscina.

—¿Antigua artista? ¿Qué coño quiere decir antigua artista?

—No empieces. Seguro que no ha querido llamarte vieja.

—¿Que no? ¡Nada más empezar! ¡Vieja gloria! ¡En letras bien gordas!

—Estoy segura de que se refiere a algo más sutil, más elegante. De mujer retirada, como las divas de antes.

—Pues prefiero que me llame vieja a secas, la verdad. Pero no vieja gloria o artista antigua. Si es lo que quiere decir, que lo diga claro. Una artista vieja. O una vieja que fue artista. Con todas las letras, sin piedad, a ver si encima voy a dar yo pena. Antigua artista, dice el imbécil. ¡Una artista no es antigua, coño! ¡Una artista es! ¡Y se hace vieja! ¡Como todos!

—Ay, mamá, de verdad… ¿Eso es lo que te preocupa?

—Sí. Y que no sé cómo se apellidaba Sebastián. S. P. L. Eso me hace sentir mal. S. P. L. —Rosa levantó de repente la cabeza con una sonrisa—. Sebastián Palomo Linares. ¿Te imaginas? —Soltó una carcajada y retiró el café del fuego.

—Al final va a tener razón éste y vas a ser un poco antigua.

—No me hace gracia.

—Pues te has reído.

—De mi ocurrencia, no de la tuya. ¿Tú nunca te haces gracia?

—Rara vez. —Berta repasó rápido el texto.

—¿Y qué es eso de que te han relevado? No me lo habías contado. ¿Qué culpa tienes tú?

—Ninguna, creo. Pero no reaccionamos bien. Estábamos fuera de control y cometimos un error con uno de los anunciantes. Uno de los gordos. Y se mosquearon.

—¿Tan gordo era?

—Un banco.

—Hijos de puta.

—El dinero huye de los problemas, mamá, y nosotros provocamos uno.

—Todo se arreglará. Seguro.

—S. P. L. —Berta se sirvió otro café—. Sebastián... y lo que sea que siga a Sebastián. ¿Quedan cosas suyas por aquí?

—Algo hay, pero poca cosa. Lo revisaron todo. Cogieron su agenda, su móvil, un portátil y la cartera que le sacaron de la chaqueta que llevaba puesta. Un horror. Parecía que pretendían robarle después de muerto pero con mucho cuidado, como si les diese asco. La cogieron con apenas dos dedos enguantados. Me dio impresión. No sé si encontraron algo más pero bien que rebuscaron. Lo dejaron todo hecho un asco. Mancharon más que el pobre muerto. Qué día más malo.

Se quedaron en silencio unos instantes, hasta que Berta preguntó:

—¿Has subido?

—¿Adónde? ¿Al estudio?

—Sí.

—No.

—¿No has ido?

78

—No, no. —Rosa negaba con la cabeza y alzaba las cejas en clara señal de rechazo—. Por supuesto que no.

—¿En serio?

—Ya te he dicho que no.

—¿Ni para mirar?

—¡Que no! ¿Cómo tengo que decírtelo? —Rosa también se levantó a por otro café. Su incomodidad era evidente—. Qué pesada estás.

—No sé, a lo mejor hay que limpiar o algo.

—Me pidieron que esperara un poco. —Añadió leche a su café—. Por si tenían que volver.

—O sea, que está todo igual.

—Debería.

—¿Y si vamos a ver?

—Yo no.

—¿Y si voy a ver yo?

—Tú sabrás.

Berta asomó la cabeza abriendo la puerta lo justo, como el que teme molestar. Contenía la respiración, como siempre que se acercaba a aquella habitación. Hacía años que la incomodaba el mero hecho de pasar por delante. Tan oscura, tan lejana, pero tan presente en ella. El estudio estaba abierto, como siempre. El interior se mantenía en penumbra. Cuatro paredes y, enfrentada a la puerta, una ventana en la que la luz del exterior señalaba los lugares donde el cartón y la cinta adhesiva, que sustituían el cristal reventado por la caída, se habían despegado. La esquina inferior izquierda estaba prácticamente suelta, igual que otro segmento muy pequeño de la parte superior, casi en el centro. El efecto de la luz colándose entre el cartón y la pared simulaba el final de los eclipses que se ven por la tele, cuando los primeros rayos de sol van apareciendo muy poco a poco. Destacaban, subrayados por lo extraño del juego de iluminación, unos puntos irregulares concentrados en el extremo inferior izquierdo. Unos agujeros en el cartón. Contó cinco. Tal vez seis. Berta mantuvo agarrado el pomo de la puerta hasta que la curiosidad la obligó a adelantar su posición al centro de la estancia. Seis pequeños agujeros por los que entraba la aplastante luz y que provocaba ese efecto tan hipnótico de ver flotar las motas de polvo. Lentas. Más lentas que el resto. Más lentas que el tiempo. De repente, le entró miedo. Porque sí. Miedo. Berta retrocedió, encendió la luz y se esfumó el misterio. A cambio se encontró con un desastre absoluto, propio del escenario de un robo doméstico. Ropa por el suelo, la cama deshecha, zapatos desparejados y pilas de libros, algunas sobre más libros abiertos. Los cajones estaban a medio sacar y lo que parecía parte del contenido estaba desperdigado sobre el escritorio. No había manera de saber si era cosa del muerto o de las pesquisas que vinieron luego. Berta no había visto trabajar a las fuerzas de seguridad en un registro salvo en las películas. Había un jarrón en una esquina con cercos marrones marcando los distintos niveles de lo que fue un agua turbia que, como suele ocurrir, debió de evaporarse poco a poco. Emergía del recipiente un tallo anoréxico que a duras penas sostenía un asqueroso bicho encogido de color gris oscuro. Berta se retiró un par de pasos, dobló el torso y enfocó la vista. La verdad es que lo supo antes de verla. Era la flor negra, muerta. Había perdido esa oscuridad tan intensa que asusta cuando está fresca. Parecía una nuez chamuscada con una estela colgante de color ceniza. Una vez segura de lo que era, y sobre todo de que estaba muerta, superó la repulsión y se acercó a ella. Pero no mucho. Lo que Berta quería era inspeccionar la ventana. Los agujeros que dejaban entrar la luz se habían hecho desde fuera. Era raro; era una segunda altura, pero no había duda. Berta pasó los dedos y notó el cartón levantado en los bordes de los huecos. El cartón había sido rasgado desde fuera y las roturas tenían forma de lágrima. El extremo superior era redondeado y la marca seguía ligeramente rasgada. Indicaban un movimiento de punzada y arrastre. No eran muy grandes.

En la parte más ancha del hueco, apenas cabía la yema de un dedo. Entero de ningún modo. Ni siquiera el meñique. En eso estaba cuando la sorprendió un dolor intenso y, al retirar la mano, se vio una herida. Sangraba. Un corte poco profundo pero de longitud considerable y, allí abajo, en uno de los agujeros, asomaba una especie de garra. Berta dio un salto reflejo hacia atrás y se quedó paralizada. Lo inesperado de la secuencia le nubló la mente. La garra aparecía y desaparecía de un modo arrítmico, sin secuencia alguna. Cuando logró controlarse vio que la supuesta garra era, en realidad, un pico. Un pico que insistía en el agujero en el que Berta había puesto el dedo. A fuerza de insistir, el pico consiguió abrir un poco más el agujero. Lo que al principio era un extremo que asomaba intermitentemente acabó siendo el pico entero. Berta reaccionó como lo habría hecho cualquiera. Con sorpresa, rabia y un punto de histeria. Dio un golpe al cartón a la altura del ataque y el bicho se retiró. El sonido del aleteo confirmó lo que dejaba entrever el tamaño del pico. El bicho era grande. Con la sacudida se desprendió una parte aún mayor de la cinta aislante que unía el cartón a la pared y Berta se apresuró a sellarlo de nuevo, a intentarlo al menos, pero la cara adhesiva estaba demasiado sucia. Tomó nota mental de volver preparada y poner algo más resistente hasta que cambiasen el cristal. Y de hablar con su madre para que llamase al seguro. Eso se tenía que arreglar. Se dio la vuelta y se largó por donde había venido. Rápido. En cuanto cerró la puerta tras de sí, se lanzó escaleras abajo. Al fin y al cabo, lo había visto desde dentro, pero el bicho estaba fuera. Como ella.

En el camino de vuelta oyó el sonido de unas ruedas sobre la grava. El coche apareció cuando Berta aún estaba rodeando la piscina. Su madre había ordenado que la vaciasen y la limpiasen después de que un buzo de la Guardia Civil revisase el fondo, pero aún no lo habían hecho. Le pareció que el agua estaba turbia, aunque no podía ser. Recordó la foto de *El Provincial*. El cuerpo no había llegado al agua. No era verdad que el muerto hubiera caído a la piscina. El primer mosto asqueroso que se mencionaba en aquella crónica nunca había existido. Berta sonrió para sí. Era lo que siempre ocurría, un ejemplo más de cómo un rumor podía desvirtuar cualquier realidad hasta transformarla en otra. Por delicada que ésta fuese. Alguien, tal vez, le dijo a otro alguien que el muerto había caído desde la ventana que hay sobre la piscina, y ese otro alguien contó, posiblemente, que el cuerpo se había precipitado hacia la piscina, y ese tercer alguien, quién sabe, pudo asegurar que el hombre había caído en la piscina, y un alguien siguiente, no sería raro, dio por seguro que el cadáver flotaba en el agua de la piscina. Y así. Siempre había gente dispuesta a mejorar la narración. Era la esencia de la oralidad, alma pura del relato. Un drama, literal. Rehacer la historia con el convencimiento de estar contando la verdad, haciendo casi imposible que la mentira fuese retirada del discurso porque la cadena era demasiado larga, y creíble. Tan creíble que, en ese punto de la narración, cualquier corrección carecía de antemano de la más mínima posibilidad de prosperar. Estás perdido. Más te vale que la versión popular te favorezca. Si no, date por jodido.

Berta se quedó parada un instante sobre la escalerilla mirando al fondo. Joder, seguía viendo el agua turbia. Ya estaba soñado despierta de nuevo. Le ocurría habitualmente después de un episodio tenso. Pintaba que ése no iba a ser un buen día. El primer portazo redirigió su atención. El segundo llegó con el vehículo ya en su campo de visión. Berta miró fijamente a los dos hombres que se dirigían al porche de entrada. Uno de ellos, el más joven, también observó de lejos a Berta. Paulina ya se asomaba. Les salió al paso.

—Buenas tardes —dijo el mayor de los dos—. ¿Está la señora de la casa?

—¿Quién busca?

—A Rosa María Gutiérrez Lezcano.

—No. Que quién busca, pregunto. Que de parte de quién.

—Perdón. Del sargento Federico Ramos y servidor, el subteniente Manuel Almazara de la Guardia Civil.

—¿Otra vez? —Paulina había puesto mala cara.

—Y las que hagan falta, como comprenderá. —El hombre sonreía.

—Esperen un momento, que no sé si está.

Paulina volvió al interior del edificio y los dos hombres se quedaron en la puerta. El más joven se volvió otra vez hacia Berta. Ella se dio la vuelta, rodeó la casa y llegó a la parte de atrás cuando su madre aún hablaba con Paulina.

—¿Cómo les dices que no estoy, mujer?

—Pues lo que hago siempre, y porque me lo tiene mandado usted.

—Pero es la Guardia Civil, Paulina.

—Tampoco les he dicho que no está, les he dicho que no sabía si estaba. Ahora se lo digo a usted, y usted si quiere está y si no quiere no está.

Rosa se levantó con un suspiro que pretendía parecer de resignación pero contenía esfuerzo. Berta lo notó. Su madre se hacía mayor. La observó mientras dejaba la terraza y cruzaba la cocina, camino de la entrada donde la esperaban aquellos dos. Se estiraba la bata para bajársela de las caderas. Había cogido peso. Se hacía mayor y engordaba, como casi todas.

Y Berta no estaba muy segura de cómo lo llevaba Rosa. Se puso tierna. Todos nos vamos acabando, poco a poco, pensó. Apenas le dio tiempo a angustiarse con la idea, porque las voces se hicieron próximas. Estaban todos dentro. Más próximas. Camino de la cocina. Más. Frente a ella.

—Cariño, ven. Estos señores quieren conocerte.

Rosa encabezaba la procesión que se concentró alrededor de la enorme mesa del desayuno.

—Siéntense, siéntense. Bueno, a lo mejor prefieren estar en el salón. Disculpen. No recibo muchas visitas. —Rosa empezaba a deshacer parte del camino con la intención de trasladar al grupo a la sala.

—En absoluto, no se preocupe. —Habló el de mayor edad, ya sentado—. Aquí estamos perfectamente. Tiene un jardín espléndido.

—Gracias, pero no es mérito mío. Lo cuida un chico del pueblo.

—Raúl Andújar —dijo el más joven, tras consultar una libretita que se había sacado del bolsillo.

—Cierto —respondió Rosa, mirándole—. Paulina, por favor, haz más café.

Paulina se movió, pero se las arregló para quedarse cerca.

—Y usted es… —El hombre se dirigía a Berta.

—Es mi hija. —Rosa respondió cuando Berta aún empezaba a mover la boca—. Ha venido a pasar conmigo unos días.

—Claro —añadió el joven, el que la miraba desde su llegada—. Berta Martos, la periodista de la radio.

—¡Anda! —exclamó el mayor—, qué bien que haya venido usted. Nos las estábamos viendo negras para organizar un viaje a Madrid a buscarla. Ya habíamos pedido que fuese a verla alguien de allí.

—¿A mí? —Berta se sobresaltó.

—A usted, sí. Para interrogarla. —El subteniente (Berta creyó recordar que era el subteniente) hizo una pequeña pausa. Se divertía—. No me dirá que le extraña.

—No, no. Normal que me interroguen, claro. Por lo de la llamada, ¿no?

—Por lo de la llamada, claro.

—Claro, claro. Normal. Perdonen. No sé por qué, pero no había caído.

—Suele pasar. Lo entiendo perfectamente, a nadie le apetece. —El hombre sonrió de nuevo, se levantó y le tendió la mano—. Subteniente Manuel Almazara. Mi compañero es el sargento Federico Ramos.

—Mucho gusto. —Berta nunca había sabido qué era más o menos en los rangos de guardias y militares, pero en esta ocasión quedaba claro por la actitud y por la edad. Mandaba el subteniente, por muy sub que fuese.

—Igualmente. Como imaginará, hemos escuchado la conversación que mantuvieron usted y el fallecido. Díganos, por favor, ¿habían tenido algún tipo de contacto, en persona o no, antes de esa llamada?

—No. Jamás.

—¿Se conocían ustedes?

—De nada.

—¿Sabía usted que en la casa de su madre vivía un hombre, aunque desconociese que se trataba del hombre que la llamaba?

—No. Mi madre no me lo había dicho.

—Entonces no sabía nada sobre la existencia de Sebastián Palencia hasta que la llamó durante la emisión del programa.

—¿Cómo?

—Que no sabía del muerto nada de nada hasta que la llamó aquel día.

—Exacto.

—Porque no la había llamado nunca antes.

—Ya le he dicho que no.

—Cierto, sólo era para asegurarme. Ramos, ¿está tomando nota?

—Sí, señor. —Ramos tomaba nota.

—Bien. Aclarado este hecho, vamos a la suposición. ¿Por qué cree usted que la llamó?

—Ni idea.

—¿Ninguna?

—No.

—Pero algo le diría.

—Pues no crea, es que no llegó a contar nada.

—¿A nadie?

—Si han oído la conversación, ya saben que no.

—¿Ni a quien le cogió el teléfono?

—No. Sólo dio su nombre y dijo que tenía una historia que debía saberse.

—Según su experiencia, ¿por qué cree que cambió de opinión?

—Es imposible saber por qué llaman y acto seguido cambian de opinión.

—¿Es habitual?

—No. Quien llama es porque quiere que le escuchen, pero a veces pasa.

—¿Diría usted que el hombre con el que estaba hablando tenía miedo?

—No sé. Podría parecer miedo y no ser más que vergüenza, o duda, o simplemente que estuviese mintiendo. Yo no puedo saberlo.

—Pero alguna sensación le daría.

—Ninguna en particular. No se diferenció de otras llamadas. Si se refiere a si hubo algo fuera de lo normal... De ser así, no lo recuerdo.

—Bien. —Otra pequeña pausa—. Señorita Martos, es de lógica suponer que aunque usted no sabía de él, él sí fuese conocedor del parentesco entre ustedes dos.

—Pues supongo, seguramente.

—¿Sabía este hombre —el subteniente le preguntaba a Rosa— que la señorita era hija suya?

—No recuerdo haberlo hablado con él, la verdad, pero es posible. Aquí nos conoce todo el mundo, no sé si me entiende.

—Perfectamente. ¿Y cómo es que usted no notificó que la víctima había llamado a su hija?

—Porque no lo sabía. Me enteré cuando vino ella. El programa se emite muy tarde y lo escucho sólo de vez en cuando.

—Es que en el pueblo no se enteró nadie de que el zagal llamó a la radio hasta que lo sacó *El Provincial* —intervino Paulina desde su puesto tras el fogón.

Todos se volvieron.

—¿Nadie? —El que mandaba se dirigía a la mujer.

—Nadie —insistió Paulina.

—¿Cómo lo sabe? —inquirió él.

—Me lo hubiesen dicho —respondió, muy segura—. Hasta que no lo dijo el periódico, aquí no lo sabía ni Dios.

—Qué cosas —continuó el hombre—, es difícil que pase eso en los tiempos que corren.

—Bueno, teniente —añadió Rosa.

—Subteniente —corrigió el hombre con un tono que a Berta le sonó tristón. Parecía que el tipo se disgustaba con lo del sub, un prefijo que revelaba cruelmente que, a pesar de su edad, no había superado la escala de suboficiales. Eso lo tenía claro hasta ella.

—Subteniente, disculpe —siguió Rosa—. Aquí los tiempos que corren son otros.

—Ya veo, ya veo. —En ese momento el móvil del otro guardia sonó brevemente, una llamada perdida.

—Y no hay mucha cobertura.

—Irregular. Cuando mi padre vino aquí a trabajar —dijo Rosa inclinando la parte superior del cuerpo sobre la mesa—, a esto lo llamaban el Valle Oscuro. ¿Lo sabía?

—No.

Almazara miraba atentamente a Rosa, que estaba actuando. En esos momentos era la Lezcano. Estaba frente a un público nuevo y no iba a desaprovechar la oportunidad.

—¿Quiere saber por qué? Es una buena historia.

—¿Da miedo? —El sargento se había acercado la libreta al cuerpo.

—Un poco. Ésta fue una de las últimas zonas del país, la última de la península, en la que se instaló la energía eléctrica. Estábamos lejos de todo y hundidos, rodeados de montañas. El Valle Oscuro. Una zona de apagón continuo en medio de la nada. Un buen día oímos el sonido de una tala masiva en el monte. Finalmente llegaron los postes. Y los repetidores. Pero tarde. Con años de retraso respecto a la capital. Hasta las novelas de la radio llegaron aquí cuando el resto de España se sabía ya el final. Esta población se quedó inocentemente atrás durante una década en un país ya atrasado. El mundo empezaba y acababa en el valle. Casi igual que ahora, la verdad, pero sin tele ni internet rural, que de todos modos va de pena. Pensaban que iba a transformar el lugar. —Rosa abrochó el parlamento con una risa profunda—. Menos mal.

—Debía de ser duro. —El subteniente hizo suyo el tono serio de Rosa.

—Qué va. ¿Sabe qué hacían entonces para matar el día? Se recogían en casa y leían a la lumbre. El abuelo de los Andújar puso su biblioteca a disposición del pueblo. Marcial Lafuente Estefanía, Corín Tellado, Agatha Christie y, de ahí, a Stephen King, Nabokov o García Márquez. En este pueblo casi todos han leído a Cervantes. Libro que llegaba, libro que pasaba por todas las casas. Los llevaban al bar y se los cambiaban. Ah, y a Cortázar, claro. Lo veía mi padre sobre las mesillas de noche cuando pasaba consulta en las casas.

—¿Por eso el pueblo se llama Rayuela? —preguntó el joven—. ¿Por la novela?

—Uf... —Paulina, de lejos.

—No es probable. —Rosa sonreía—. El pueblo estaba antes. Les molesta la duda, ¿sabe? Aseguran que fue Cortázar quien tituló la novela por el pueblo.

—¿Cómo pudo ser eso?

—Aquí nadie ha necesitado nunca una explicación al respecto.

—Ya. Perdón. —El sargento volvió a su libreta.

—Vamos a la cuestión que nos ocupa, por favor —retomó el mayor—. Entonces ustedes no sabían, en un principio al menos, de la relación del muerto tanto con la una como con la otra.

—Exacto —respondió Berta, porque su madre se había levantado para sacar las tazas de porcelana buena.

—Pero estarán de acuerdo conmigo en que es muy poco probable que se trate de una casualidad. Él debía de saber que ustedes son madre e hija.

—Ya le he dicho que seguramente —contestó Rosa—, aunque yo no recuerdo habérselo dicho nunca.

—Creo que se lo dije yo.

Todos se giraron de nuevo hacia Paulina.

—Ya lo ve —añadió Rosa—. Lo que yo decía.

—Cuando le acompañé al cuarto de arriba del garaje le comenté que la casa era para la señora en la parte de abajo y para su hija en la de arriba. —Paulina estaba algo azorada—. Me preguntó que qué hija, y yo le dije que una que a veces venía de visita. Que no sabía *na* de que tenía usted una hija, dijo, y yo que sí, que estaba de periodista en un programa de la radio. Y me preguntó que qué radio, y yo le dije. Y que dónde vivía cuando no estaba aquí, y le dije que en la capital. Y que cómo se llamaba, que quería oírla. Y también le dije. Lo siento. ¿Hice mal? —Parecía realmente avergonzada.

—No te preocupes —respondió Berta—. Viviendo aquí y queriendo averiguar, no tenía más que preguntar a cualquiera. Tampoco es un secreto, ¿no, mamá?

—No, hija. No es un secreto. Ya decía yo que nunca me preguntó. —Miró a Paulina con severidad. La otra bajó la cabeza.

—Tenía entendido, doña Rosa —retomó Almazara—, que no aceptaba usted entrevistas.

—Y no las acepto. ¿Por?

—Si no he comprendido mal, a eso vino el tal Sebastián.

—No exactamente. A él le dije varias veces que nada de entrevistas, pero se empeñó en escribir mi biografía y al final llegamos a un acuerdo. Escribiría mis memorias, sin prisa. Mientras las redactaba y las publicaba, yo me moriría. Tardara lo que tardase. No saldrían antes.

—¿Y todo ese tiempo él iba a vivir aquí? —Quien preguntaba no era el subteniente, era Berta.

—Pues claro que no, cariño. Sólo unas semanas, durante la fase de documentación.

—Si llevaba aquí más de dos meses y aún no habíais hablado de mí...

—Luego, cielo —la cortó Rosa—. Si quieres, hablamos de eso tú y yo luego.

Paulina sirvió el café. El hombre volvió a centrar su atención en Berta.

—¿Y no tiene usted idea, aunque sea una ligera impresión, un presentimiento, una suposición, de por qué la llamó Sebastián aquella noche?

—Ya le he dicho que no, de verdad. Las llamadas que recibimos son tan singulares que aprendí hace tiempo a no hacer suposiciones previas. Y a no intentar interpretarlas. No puedo quedarme en ellas, ¿entiende? Por mi equilibrio. Algunas son bastante truculentas.

—¿Por ejemplo? —preguntó el joven.

El mayor le invitó a callar con una mirada.

—Siga, por favor —animó a Berta para que ignorase la interrupción.

—A veces nos cuentan de qué quieren hablar antes de entrar en antena, pero algunos sólo aceptan contármelo a mí. Éste era uno de ésos. Nunca les forzamos a adelantarnos nada porque de todos modos no hay manera de saber si la historia que van a contar es la que avanzan. Quiero decir que, una vez en antena, sueltan lo que les da la gana. Es parte de la gracia del programa.

—¿Y usted? —Se dirigió a Rosa.

—Yo, ¿qué?

—¿No tiene idea de qué podía querer contar?

—No, no. No se me ocurre. Pero desde luego nada íntimo que tuviese que ver con él y conmigo, si es lo que está pensando.

—No quería insinuar nada. —Almazara levantó las manos en son de paz.

—Nuestra relación era muy cordial, pero, ya se lo dije a los agentes que vinieron primero, tenía que ver únicamente con el libro. Puramente profesional.

—No pensaba en nada de eso, señora.

—Claro que sí. No me ofendo, no se preocupe.

—Que no, de verdad. —Que estuviese tan seguro de que no habían tenido nada no le hizo a Rosa ninguna gracia. El hombre desvió la conversación—. Por cierto, el café está buenísimo —dijo a Paulina.

—Gracias —respondió ella, encantada con la atención—, le pongo una puntita de canela. Pero una puntita *na* más.

—Ya decía yo que tenía algo. Oiga, ¿y qué se dice por el pueblo?

Rosa y Berta miraron a Paulina.

—¿Por el pueblo? ¿De qué? ¿Del muerto? —A la mujer la impresionó que le preguntasen y todos se dispusiesen a escucharla.

—Sí. Del muerto. De la muerte, de lo que pasó.

—Pues, hombre, él no era de aquí, aunque eso no quiere decir que no se haya sentido. Se habla mucho, porque el chico parecía buena gente. No se juntaba demasiado con nadie, pero de vez en cuando se le veía por el bar o por el estanco. Casi siempre solo. Tampoco iba a misa, pero en los hombres no es raro. Así que, no sé, un hombre... bien.

—Un hombre bien —repitió el joven sargento Ramos con un asomo de sonrisa. Y tomó nota.

—Dice que casi siempre iba solo. Cuando no iba solo, ¿con quién iba?

—Uy, pues no sé. Eso lo tendrá que preguntar usted en el bar. No hay mucho zagal de su edad en el pueblo. No me atrevo yo a señalar.

—Claro. Hace bien en ser prudente.

—Aunque alguna vez se le vio con el farmacéutico —añadió, despacio.

—Ajá.

—Agustín, se llama. Pero, vamos, que no quiero decir yo que *pa* hacer nada malo. Ya le digo que no hay mucho mozo con el que hablar de sus cosas y congeniar.

—Por supuesto, no se preocupe. Si es sólo por preguntar.

—No es que fuesen siempre juntos, y además él se hablaba, que yo sepa, con casi todo el mundo, pero, vamos, con el que más, con el de la farmacia —añadió Paulina, como el que se arrepiente de hablar antes de hacerlo pero no puede evitarlo.

—Gracias. Oiga, una última pregunta. Y usted, ¿cuándo se enteró de que la víctima había llamado a la radio?

—¿Antes del tiro?

—Antes de morir, sí. —Almazara asintió con mucha, mucha calma.

—Pues cuando salió en *El Provincial*, como los demás. Ya se lo he dicho. A mí, de aquí —miró a Rosa y a Berta con algo que parecía disgusto—, nadie me dijo *na*.

—Es verdad, ya me lo había dicho. A veces pregunto las cosas dos veces, disculpe. Es que es tan poco habitual...

—*Na*, a mandar.

—¿Podemos revisar la habitación? —preguntó a Rosa.

—Por supuesto, pero ya ha entrado mucha gente. El día que ocurrió todo estuvieron allí un montón de los suyos.

—Lo sabemos, no se preocupe. Sólo queremos echar un vistazo.

Rosa se levantó con otro suspiro y salió al patio seguida por los dos hombres. Qué mayor estaba... Berta se unió a ellos, y detrás Paulina. Todos salieron al sol.

—Por cierto, señora, ¿tenía usted algún arma de caza en la casa?

—Eso ya me lo preguntaron, y no. Nunca he tenido escopeta.

—¿Es posible que el hombre que le cuida el jardín guardase alguna donde sea que tenga sus herramientas?

—¿Raúl? No tengo ni idea, aunque no creo. Él se trae y se lleva sus cosas en la furgoneta. Aquí no deja nada, que yo sepa. Pero no entiendo, ¿no saben de quién es? ¿Esas cosas no están registradas?

—Suelen estarlo, sí. Pero primero hay que encontrarlas.

—¡Joder! —Berta no pudo evitar la expresión—. ¿No tienen el arma?

—Pues no. Siento decepcionarla, pero aún no la hemos encontrado.

El grupo se había detenido. Fue Rosa la primera en moverse. Retomó el paso hacia el estudio sin decir nada.

—¿Hace falta que vaya yo? —preguntó Paulina.

Todos la miraron, extrañados.

—En principio, no. ¿Por? —preguntó Almazara.

—Ah, yo qué sé.

—¿Estuvo usted allí cuando ocurrió?

—No, por Dios.

—¿Cree que hay algo que pueda aportar? Algo que falte, algo que sobre...

—¿Yo? Desde que le llevé el primer día, no he vuelto a entrar. La limpieza se la apañaba él. Yo allí no tenía *na* que hacer. ¿Por quién me toma? Vamos, faltaría más.

Almazara miró a Ramos y volvió a mirar a Paulina.

—Pues entonces no hace falta que venga, gracias.

—*Na*, a mandar.

Paulina volvió a la casa y Berta tampoco quiso seguirles. Dio la vuelta y se marchó al otro lado de la propiedad, a la zona de entrada. Se sentó en el porche, frente al coche de los guardias. No quiso entrar en la casa para evitar el riesgo de una charla súbita con Paulina. No era momento, no tenía ganas. Su pensamiento se había enroscado en el hecho de que no hubieran encontrado el arma con la que había muerto aquel pobre chico. O pobre hombre. O a lo mejor tampoco era tan pobre, porque a saber dónde se había metido para verse en ese lío. ¿Por qué la había llamado a ella? ¿Qué querría contarle? ¿Qué sería lo que no se había atrevido a decir? Total, para lo que le había servido callarse... Con la fuerza del tiro había atravesado la ventana y había ido a parar casi al borde de la piscina. Y el arma no estaba. Eso significaba que... Berta se incorporó de repente, como si le hubiesen clavado una aguja de tejer en el costado. Sonrió. Al instante casi reía. Se llevó las manos a la cara. En cuanto recuperó el aliento, soltó una sonora carcajada.

—... es que nunca se pensó como una vivienda. —Berta oyó a su madre—. Iba a ser un despacho para que mi hija

96

tuviese un poco de intimidad cuando vivíamos juntas. En mi casa nunca ha habido cerrojos en los cuartos. Era una habitación más, pero con escalera para entrar.

—Entiendo, entiendo.

Al llegar a su altura, Berta casi les asaltó. Estaba feliz. Radiante.

—Entonces, si no hay arma, ¡es que no se mató él! —gritó nada más verlos.

—No lo parece, a primera vista. —El subteniente hablaba con precaución—. Al menos no del todo.

—¿Qué quiere decir eso? ¡O es suicidio o no es suicidio! ¡No está el arma, no es suicidio!

—Le sorprendería la de formas raras de matarse que tiene la gente. Podría ser que el hombre quisiera morir pero no tuviese valor para acabar con su vida. Quiero decir, él solo. Haciéndolo él mismo. Alguien pudo haberle ayudado. Aunque es sólo una hipótesis.

—¡Joder! —Un chispazo de desilusión borró su alegría anterior—. Pero, a ver, aunque fuese así, tendría que haberlo hablado antes, ¿no? Quiero decir, haberlo pedido, haberlo pactado o algo, ¿no?

—Supongo que sí. Si estamos en esa suposición, algo tendría que haber comentado, sí.

—¡Claro! ¡Pues eso! ¡Que ya lo había decidido! ¿Cómo se llama eso?

—¿El qué?

—Esa manera de matarse. Un suicidio ayudado.

—¿Suicidio asistido, tal vez?

—¡Suicidio asistido! —Berta se rio mientras daba unas palmadas.

—Veo que eso la pone a usted contenta, señorita. —El

subteniente Almazara la miró entornando los ojillos, ya pequeños de por sí, y aún más achicados por el hecho de entrecerrarlos.

—No sé si contenta es la palabra, pero si el tiro se lo pegaron, mejor. Sólo con esto ya les puedo pasar por la cara a los hijos de puta del Twitter que no fui yo. ¡Que no fui yo! ¿Lo entienden?

—Nadie pensó jamás que fuese usted. No hay coartada más sólida que la suya. Estaba en directo en la radio desde otra ciudad.

—No lo entienden, pero da igual. ¿Cuándo se hará público?

—¿El qué no entendemos?

—¡Que todos me culpan a mí de que se pegase el puto tiro! ¿Cuándo lo van a contar?

—¿El qué?

—Que el tiro no se lo pegó él. Aunque... mierda. ¿Puede ser que se pegase el tiro y alguien se fuese después con el arma?

—No, no puede ser. —Manuel Almazara se dirigía a ella con expresión de estar recurriendo a una paciencia conseguida tras años de conversaciones con gente alterada que no sabía bien de lo que hablaba.

—¿Seguro? —Berta le cuestionaba con una desenvoltura adquirida en años de entrevistas y repreguntas.

—Seguro. —Almazara no dejó ver ni una pizca de fastidio.

—¿Cómo puede estar tan seguro? Me va todo en ello, ¿sabe? ¿Cómo puede asegurarme que no se pegó el tiro él y alguien se marchó con el arma después?

—Es que eso no es novedad, señorita. Pues claro que no se lo pegó él, le dieron por la espalda. Sinceramente, no sé muy bien de qué me habla.

—¡Pero eso es incuestionable!

—Según para qué.

—Tenemos que contárselo a la gente. Tienen que enviar una nota de prensa o algo. Yo se la redacto.

—Lo lamento. —Almazara estudiaba las reacciones de Berta—. No tenemos costumbre de ir desvelando detalles de una investigación en curso. Y le pido prudencia, señorita. De todo eso que está diciendo, a la vista está, en realidad no sabe usted nada de nada.

—Venga, hombre, discreción. —Berta estaba ansiosa—. Pero si la mitad del periodismo de este país vive de las filtraciones.

—Mías, no.

—Pues anda que no se publican casos con «giros inesperados». —Berta hizo el gesto de las comillas. Estaba fuera de sí.

—Espero que mantenga usted la discreción y no tenga que verme dando explicaciones de ninguna «filtración». —También hizo el gesto de las comillas—. La haría responsable. ¿Lo entiende?

Berta miraba al guardia sin responder. El guardia que mandaba la miraba a ella. Al final fue él quien levantó una ceja y bajó un poco la barbilla, con un gesto silencioso de interrogación. Berta le dio la espalda.

—¿Señorita? —Almazara esperaba respuesta.

—Berta. —Rosa pronunció el nombre de su hija con autoridad.

—Que sí, joder.

—¿Que sí qué, exactamente? —El subteniente miraba fijamente entre los dos hombros de Berta.

—Oiga, tampoco se pase… —Rosa saltó en defensa de su hija.

—Que sí, que vale —interrumpió a su madre—, que esperaré a lo que sea que tenga que esperar. Pero dense prisa, por favor. Mi reputación está en juego.

—Iremos lo más rápido que podamos en la investigación. —Se dirigió entonces a Rosa—. Gracias por todo, señora. Les ruego que no se marchen de esta casa durante un tiempo. Nos dificultaría mucho el trabajo si tuviésemos que volver a hablar con ustedes. El cuerpo está fatal; para que aprueben un viaje hay que rezar, de verdad, tendría que pedir ayuda de fuera y no me gusta delegar.

—Ya veo, ya. —Rosa agregó que allí estarían.

Berta dijo lo mismo. Que sí, que allí estaría, que qué remedio, que no le quedaba otra.

Los agentes se despidieron. El vehículo giró despacio en la pequeña explanada de tierra y grava con ese sonido característico que Berta asociaba desde pequeña a alguien mascando piedra. Un monstruo enorme y gris royendo arena. Sin prisa, rumiando, con la boca repleta de tierra como entremés. ¿Y después qué? La asaltó la misma imagen de cuando era pequeña. Después, seguro, se enjuagaría la boca con ella. Berta sacudió la cabeza.

Rosa se acercó a su hija.

—¿Estás bien?

—Sí. ¿Sabes si han encontrado algo ahí dentro?

—Qué va. Si han mirado por mirar. Les extrañaba que no hubiese cerrojos, dicen, pero yo creo que han venido a hablar y ya está.

—Pues igual. ¿No sabías que no tenían el arma?

—No, hija. Tampoco es algo que vayas a preguntar. Oigan, agentes, ¿ya tienen ustedes el arma homicida? —Rosa interpretó a alguien mayor, encorvando ligeramente la espalda, frunciendo el ceño y agudizando la voz.

—Pareces la señorita Fletcher. —Berta sonrió.

—Calla. Qué vergüenza. Tanto tiempo aquí tranquila y, para una vez que bajo la guardia, me veo en el periódico con un muerto camino de la piscina. Como en *El crepúsculo de los dioses*.

—Más quisieras, el tuyo no llegó al agua.

—Pensé que me daba algo. Me dije: Ya está, Rosita. De toda tu carrera, esto es lo que sacarán cuando te mueras.

—Vaya suerte hemos tenido con el tal Sebastián. —Berta miró a su madre—. A éste le han matado sin su consentimiento, mamá.

—Tiene toda la pinta.

—Mira, la piel de gallina.

—A mí también me asusta, hija.

—Los pelos de punta.

—Cerraremos bien cada noche, no te preocupes. Y con la Guardia Civil rondando, no es fácil que se repita. Todo lo malo no viene nunca junto.

—¿Malo? Al contrario. Esto limpia mi nombre.

Rosa la miró extrañada. Las dos se quedaron en silencio unos instantes.

—Oye, hija, ¿a ti no te preocupa que me hubiese podido pasar algo?

—Ay, mamá, no digas eso. Qué tendrá que ver una cosa con la otra.

—Jamás se me ocurrió que pudiera pasar algo como esto. En mi casa. Aquí, en medio de la nada.

—Mamá, vas a conseguir asustarme.

—Es que yo, ahora que lo pienso, tengo algo de susto. Un suicidio es una cosa, pero un asesinato es otra más gorda.

Berta miró a su madre muy seria. Ella también estaba

asustada, pero no iba a admitirlo. No quería actuar como una paranoica. Era una de esas situaciones, con el tiempo cada vez más frecuentes, en las que se sentía responsable del bienestar de su madre como si ella no fuese la hija.

—Mamá, creo que, sea lo que sea lo que haya pasado, no va con nosotras.

—Si yo apenas le conocía. No hay motivo, ¿verdad?

—No, mamá.

—Bueno, hija, pues ya está. No lo pensemos más.

—Asesinato...

—Que no lo pensemos más, te digo.

—Perdona, mamá. —Berta mantenía la mirada fija en el horizonte.

—Siento haberte preocupado. Aquí estamos seguras, de verdad.

—Por la espalda. —Volvía a sonreír—. Ojalá.

—No tienes remedio. Me voy para dentro, muerto por muerto, algo habrá que cenar.

Berta observó a Rosa hasta que desapareció en el interior de la casa. Las voces de su madre y de Paulina le llegaron con dificultad. Debían de estar en la cocina. Respiró hondo mientras se daba la vuelta y volvía a colocarse de frente a la explanada en la que desembocaba el camino de entrada en la propiedad. El viento acabó de ahogar las voces. Un viento suave que movía las ramas de los árboles que lindaban con la finca vecina, una enorme huerta que durante años había trabajado cada día el señor Enrique, un vecino del pueblo que había muerto unos cinco años antes. La huerta se había convertido en un solar de malas hierbas que el ayuntamiento apenas mantenía. Enrique había tenido dos hijos que vivían en la ciudad. Un cartel de SE VENDE señalaba la entrada al secarral. Llevaba allí desde el día siguiente a su funeral.

Empezaba a oscurecer y el cielo se veía limpio, con ese tono azul grisáceo tan propio para los tendentes a la nostalgia. En eso estaba Berta. En sentirse fuera de contexto y en echar de menos su anterior posición vital. Se veía como un alfil relegado a torre, apartada de los círculos de privilegio, aunque por primera vez en días vislumbraba una posibilidad de recuperar terreno. Un pájaro en vuelo rasante le pasó cerca. Se sobresaltó. Lo siguió con la vista, pero el tejado de la casa se interpuso durante unos segundos en los que Berta continuó mirando hacia arriba. Un aleteo la sorprendió por el lado contrario al que vigilaba y se dio la vuelta algo asustada. No era el mismo animal. Los movimientos en este caso eran torpes e inconstantes. Parecía un pájaro borracho que intentara regresar a algún lado sin tener claro qué dirección tomar. Berta supuso que era un murciélago que salía a cazar. Esos bichos oscuros y cegatos siempre le habían dado algo de pena. Qué seres tan poco afortunados… Berta miraba al pobre bobo dar vueltas sin sentido, atrapado entre un poste lejano, la pared de la casa y un par de árboles que impedían que los ultrasonidos encontrasen un hueco libre, un espacio limpio por el que salir a cielo abierto. Atrapado en el aire. Qué forma tan absurda de buscarse una cárcel. A Berta le estaban dando ganas de ayudar cuando, de repente y por la izquierda, hizo incursión en su campo visual una punta de lanza apenas visible que interceptó al murciélago con un tap corto y seco que resonó en la oscuridad. Tap. A Berta se le heló la sangre. Los dos seres que se habían unido en el aire cayeron al suelo con un golpe y un arrastrar ligero, de cuerpo pequeño, justo en el centro de la explanada, sobre la grava. El murciélago abajo, boca arriba, golpeando el suelo espasmódicamente con las alas membranosas desplegadas. Sobre él un pájaro claro, que podría haber sido bello, le agujereaba el cuerpo con el pico a un ritmo regular. Picaba, miraba a los lados, picaba. Picaba, miraba a los lados de nuevo, picaba. El murciélago chillaba de un modo agudo, desesperado. Cuando Berta se acordó de su propio cuerpo, entró corriendo en la casa y cerró la puerta. Sabía que aquello iba a durar.

En el pequeño jardín atiborrado de plantas exóticas caía una lluvia fina, finísima. A pesar de que estaba empapada, Berta tenía calor. Había poco espacio libre entre las plantas colgantes y las que se alzaban desde el suelo. Apenas sobresalían sus hombros y los jades le rozaban el pelo. Oyó pasos. Era Raúl, sólo podía ser Raúl; aunque su madre a veces deambulaba por allí para refrescarse, pero no. Sabía que era Raúl. No quería que la viera. Se internó en la selva prefabricada y sintió un escalofrío. Oscureció, todavía más, y entre la densidad algo se movió. Poco. Tan cerca de lo imperceptible que dudó, hasta que se movió de nuevo. Otro mínimo movimiento. Se repetía, y aun así costaba verlo. Era algo espasmódico. Apenas unas breves sacudidas irregulares. Con mucho cuidado, muy despacio, porque lo último que quería era que las aves del paraíso despertasen de lo que parecía ser su período de descanso, apartó algunas un par de centímetros, lo justo para llegar a ver aquella flor rara, negra, que se movía con aleteos cortos y violentos. Se diría que intentaba escapar de su tallo como un pájaro intentaría escapar de una cuerda que lo retuviese por la pata. Berta estaba aterrorizada.

Y temía que despertase a las otras flores, todavía dormidas. No podía salir, fuera estaba Raúl, y allí dentro todo dependía de que ese tallo resistiese los tirones. Los cabezazos. Los intentos de liberación de aquella asquerosa planta. Una planta violenta que no sabía que era una planta, que ponía en peligro el equilibrio entre todos los seres. Y a ella. Raúl se asomó a lo más profundo del vergel, le vio la cabeza en sombra, siluetada, y la planta se quedó quieta. Se paró. En seco. Inmóvil. No se percibía ni siquiera el balanceo sobre el tallo que razonablemente debía generar el tremendo esfuerzo por soltarse. Se paró. Imposiblemente estática, desafiando a las leyes físicas sobre los movimientos, las inercias y las fuerzas, delante de los ojos de Berta, que era incapaz de dejar de mirarla. Como en una foto. Un fotograma congelado. Eso no podía estar ocurriendo. La hija de puta veía, u oía, o vete tú a saber qué, pero más imposible era hacer lo que hacía. Ya casi no se apreciaba. Se escondía. A pesar de que Berta era consciente de que no debía moverse, se encogió aún más. Raúl retrocedió, y en cuanto la planta calculó que no se la podía ver, llevó a cabo una serie de movimientos radicales en un último intento de amputarse la pierna, el tallo, que la tenía enganchada al suelo. Pretendía lanzarse a por ella, Berta no tenía ninguna duda. Esas cosas se saben. El tallo ya se enrollaba y desenrollaba bajo el esfuerzo de la flor en una danza loca, descontrolada, hasta que la unión se rompió con un ruido viscoso, como el de una ostra abierta a la fuerza. Y olía mal. Berta no pudo resistir la subida del vómito y se encorvó con la primera arcada. Al mirar al suelo vio la flor negra. Estaba suelta y se arrastraba. Se impulsaba con los pétalos y el largo estambre, que vibraba en fase aguda a modo de flagelo. Las piernas se le tensaron, preparadas para la carrera, pero una segunda arcada impidió el movimiento. Aunque las convulsiones le mantenían la boca irremediablemente abierta, no salía nada de ella. La flor trepó por su pierna, por la mano apoyada en la rodilla, por el brazo hasta llegar al cuello, y allí seguía Berta, horrorizada, convulsionando y clavada al suelo, con los labios separados, ofreciendo entrada libre. Sintió a ese ser viscoso bajo la oreja, y aunque deseó con todas sus fuerzas que se quedase quieta, aquella cosa le subió hasta la cara. Se la cubrió entera. El bicho era grande, le llegaba a los ojos, a los oídos, a la nariz y a la boca. No podía respirar. Consiguió levantar un brazo y cogerla, intentó arrancársela, pero no logró moverla. Ni un milímetro. Tiraba de la flor y notaba cómo cedía la piel de su cara. No hubo manera de despegarla. Era como una ventosa. Como alquitrán. Un ente de otro planeta arrojado a la Tierra en una semilla para sustituir a los humanos, como en la película. El ultracuerpo era ella.

Se despertó con una fina capa de sudor y claros síntomas de asfixia. Lo primero no era nuevo, la verdad. Nunca había sido de esas personas que duermen plácidamente una noche entera. Era común que se le interrumpiese el sueño y que después pasase malos ratos en ese estado entre dos mundos que es el duermevela. Lo de la asfixia era otra cuestión. Una cosa era gritar en sueños, correr, llorar hasta mearse. Pero ¿ahogarte de verdad porque sueñas que te asfixian? ¿En serio? ¿Dejar de respirar porque sí mientras estás dormida? Berta se preocupó. Se despertó por un instinto primitivo de supervivencia, suponía, y se sintió aliviada. Agradecida a la evolución. Pero estaba fuera de sí. Iba de mal en peor.

Abrió la ventana de su cuarto y respiró con urgencia. Se asomó. A su izquierda, la escasa luz bastó para percibir el perfil de la ventana rota y, justo debajo, la luna reflejada en un agua que, desde allí arriba, seguía pareciendo turbia. Abajo, a nivel del suelo, estaba todo oscuro. Se alegró. No quería ver lo que pudiese quedar del murciélago abatido. Tomó la última bocanada de aire y se volvió a la cama. Antes bajó la persiana hasta que quedaron abiertas sólo unas rendijas. Apenas nada. No quería que por la noche algo pudiese colarse por la ventana.

Berta se acercó a la plaza después de comer. Hacía mucho que no pasaba por allí. Meses. Años. Las visitas, escasas, también eran breves y se limitaba a encerrarse cuarenta y ocho horas en su casa. Llegó por la esquina de la antigua frutería y avanzó en dirección a la biblioteca pasando por delante de la iglesia. No había incluido más que un par de libros en la maleta y resultó que uno de ellos ya lo había leído. Las prisas. No le hizo falta llegar hasta la puerta para ver que no estaba abierta. A esas horas en la calle no había un alma. Eran las cuatro y media. Acostumbrada a tenerlo todo a mano, a todas horas, se le olvidó que en el pueblo los comercios mantenían sus horas de descanso. Cerrado a mediodía. Un mediodía tardío y extenso que empezaba antes de las dos y terminaba a eso de las cinco. Decidió esperar en el único lugar que no cerraba hasta bien entrada la noche: el bar.

El bar era el edificio grande que estaba junto a la carnicería. Bar, restaurante, discoteca y fonda. Así eran las cosas. Allí vivía el Casemiro desde que el padre compró la casona con el dinero que había hecho en Francia. El hijo la reformó. Antes sólo era bar y fonda. Servían menús, cafés y licores.

Por la noche se podía uno tomar un par de copas. Las seis habitaciones de arriba se ocupaban, nunca todas juntas, con algún senderista de fin de semana, algún trashumante aterido de frío y algún viajante que asomaba de vez en cuando por la zona. Desde que lo llevaba Casemiro, también tenía más trajín de huéspedes, porque se había inscrito en una página de turismo rural. Y alquilaba bicicletas. Pero lo más novedoso era que los viernes y los sábados el restaurante se convertía en discoteca a partir de las diez y media.

Con Casemiro estaba su hija Aurora, la mayor, de veintidós años. Tenía otra, más pequeña, que se había marchado con su madre cuando la mujer decidió volver a Venezuela. Divorcio y escapada. Lo de la venezolana fue un escándalo comparable sólo al de su llegada. A Berta no le extrañó que se largara. Iba para tres años de eso y todavía se hablaba.

Entró en el bar con decisión, casi con prisa, para disfrazar la inseguridad de falsa resolución. Siempre recurría a lo mismo y, si no te fijabas mucho, ni se le notaba. Se le enganchó el pelo en un canutillo de plástico de la cortina. Intentó disimular. No quería que nadie viese que estaba algo alterada, pero no pudo evitar un «¡joder!». Hacía demasiado que no se movía entre aquella gente, tanto que no estaba segura de si se sentiría cómoda con ellos, o ellos con ella. Si se entenderían. Se detuvo a desenredar el mechón de pelo sin mirar a los lados, incluso forzó una risa para aparentar naturalidad. El origen del problema era que había pasado allí su infancia y parte de la adolescencia sabiéndose distinta, siendo la hija de la artista. Se marchó pronto a estudiar fuera y aprendió a despreciarlos aun sin querer hacerlo. No fue consciente de ello hasta que volvió a verlos. No se trataba de algo demasiado patente, no era nada violento. Fue sutil, muy sutil. Un mínimo punto de distinción.

Tan sólo era que ella se creía mejor. Mejor educada, de mejor familia, en mejor punto de partida. Pero tampoco era suya toda la culpa, porque eso también lo creían ellos. Y entonces vino lo que vino. Los meses en el pueblo a la espera de que toda la expectativa puesta en ella se concretase en algo. En lo que fuera. Cualquier logro hubiese valido para justificarla. Pero no llegaba. Nada. Y los demás iban avanzando posiciones irrelevantes en su pequeño mundo mientras Berta se quedaba estancada ante la inminencia de un supuesto gran salto que no ocurría, de una presunta incursión en un mundo mayor, más complejo, que no se daba. Y allí seguía, varada. Con la desesperación y la prisa picándole en los ojos, retumbándole en los oídos, sin poder dar un paso en la dirección adecuada. Como una ambulancia en un atasco, ante un semáforo en rojo, haciendo sonar la sirena sin que nadie se apartara. La gran promesa se quedaba, a la vista de todos, en nada.

Sabía que en el pueblo se comentaba. No se lo había dicho nadie, pero lo presentía.

Cuando consiguió zafarse del dichoso canutillo se volvió hacia el salón con una sonrisilla de suficiencia clavada en la cara. Una puesta en escena preparada para todo aquel que la mirara. Una chorrada porque la sala estaba desierta, no había ni un paisano. Abandonó las expresiones estudiadas y se le agrió el gesto cuando recordó cómo, en aquellos tiempos difíciles, la paraban por la calle.

—Me han dicho que has vuelto a casa. Tu madre estará contenta, ¿no? Qué bien. Me alegro mucho. Fíjate que ya pensábamos que no ibas a volver.

No se puede decir que la recibieran mal. Se alegraban de verdad, aunque no por ella. Era raro, algo entre el rencor de clase y la tendencia de la especie a querer hacer tabla rasa.

A igualar por la base. Se estaba sentando en un taburete frente a la barra cuando oyó que la cortina de canutillos volvía a brincar.

—¡Pero bueno! ¿Berta? Sí, ¿no?

—Hola, ¿qué tal?

—¡Pues claro que eres tú! Ya me habían dicho, pero no hacía ninguna falta. Te he reconocido enseguida. Estás igual. Tú venías a buscar los periódicos antes de desayunar. Yo estaba en la papelería. ¿Te acuerdas? No te acuerdas.

—Me acuerdo, me acuerdo bien. Carmela, ¿verdad?

—Carmela, sí. Ahora soy la alcaldesa.

—¡Vaya! ¡Enhorabuena!

—¿No te lo había dicho tu madre?

—Seguro que sí. Seguro que me lo dijo y yo no lo recuerdo. —Su madre nunca le contaba nada del pueblo, a menos que Berta le preguntara. La verdad es que a Rosa la vida de la aldea no le interesaba.

—Pues sí, chica. Gracias. Aunque no te creas, lo de la alcaldía me da muchos dolores de cabeza. La gente se cree que un pueblo tan pequeño se lleva con un dedo, pero qué va. El valle es grande y en el campo cada vez hay más necesidades. Ahora todos quieren conectarse, ¿te lo puedes creer? Yo no sé la de parabólicas que me han pedido ya.

—¿Parabólicas?

—Sí, de estas chiquitillas para el internet rural. Están todas las cabañas de la ladera con su antenita apuntando para arriba a ver qué pillan. Da impresión verlo.

—Normal. —Berta hizo un gesto de comprensión con la cabeza—. El mundo entero a su alcance.

—¡Qué va! ¡Que así son más fáciles de alquilar! —Carmela se rio—. ¿Qué tal está tu madre?

—Allí anda. Como siempre.

—Pues dile de mi parte que la acompaño en el sentimiento. Si necesita cualquier cosa, aquí está su alcaldesa para lo que sea menester. Lo que necesite del pueblo.

—Muchas gracias, alcaldesa.

—Carmela, mujer. Sólo Carmela. ¡Casemiro! ¡¡Casemiro!!

Salió una voz desde dentro de la cocina. Berta no entendió lo que decía.

—¡¡Conecto la máquina, que tengo prisa!!

Tampoco entendió la otra respuesta, que llegó mientras Carmela pasaba al interior de la barra y conectaba la máquina expendedora de tabaco con el mando remoto que colgaba de un cordón al lado de la cafetera, junto al exprimidor.

—Tengo que dejarlo. —La alcaldesa sacó un paquete de cigarrillos y se dirigió a la puerta—. Me alegra que estés por aquí. Eso da vida al pueblo. Qué contenta estará tu madre.

—Sólo estoy de visita.

—Pues vete pensando en un cambio de aires. En la ciudad no se respira igual. —Apartó la cortina de canutillos de plástico sin que se le enganchase nada—. Hasta la vista.

Y salió. Qué gente tan lista. Los tiranos de la Antigua Grecia tenían claro cuál era el mejor modo de mantener la paz social. Si el pueblo era como un campo de trigo que había que cuidar, debía cortarse toda espiga que sobresaliera por encima de las demás.

—¿Berta?

Casemiro, a quien Berta, con cierto aire de superioridad, había llamado «Casimiro» toda la vida, salía de la cocina.

—¡Berta! ¡Pero bueno! ¿Será posible?

—¿A que no me esperabas?

—La verdad es que sí. Me dijeron que habías vuelto. No sé cómo lo haces, pero estás igual.

—Lo mismo pensaba yo de tu bar.

—Pues te equivocas, reina, porque ahora, además de discoteca, es pub. —Señaló al fondo del comedor, donde se veía una pantalla, en esos momentos apagada, y una especie de reproductor de vídeo enorme con un gran foco a cada lado.

—¿Eso qué es? —Berta estaba estupefacta—. ¿Un karaoke?

—También. Tienes que venir el viernes por la noche. Vas a alucinar. Lanza unos rayos de colores que esto parece el espacio sideral.

—No me digas.

—Ya lo verás. ¡Oye! ¡Pero bueno! ¿Qué tal estás?

—Bien, bien. No voy mal. He venido a pasar unos días.

—Por lo del muerto, claro. Anda, que tenga uno que pegarse un tiro para que te pases a saludar... —El reproche iba acompañado de una sonrisa. Habían pasado buenos ratos juntos cuando aún era su padre quien regentaba el bar. Él le sisaba botellas a medio terminar y se las tomaban en el estudio de ella, encima del garaje, o en la orilla del arroyo si hacía bueno. Tan jóvenes eran que a falta de anécdotas, porque habían vivido poco, se contaban sueños. Deseos. Él también quería marcharse a la ciudad.

—Tienes razón. Debí venir antes. Por cierto, ahora no sé cómo llamarte. ¿Cómo no me dijiste nunca que Casemiro era tu nombre de verdad? Me siento un poco imbécil, media vida corrigiendo a los demás.

—¿Y qué más da? Casimiro o Casemiro, es una condena igual.

—Pero ahora tendré que acostumbrarme.

—Pues ya que estás, acostúmbrate a llamarme Case. Desde que se murió mi padre, no hay nadie que me llame por el nombre entero.

—¿Se murió tu padre? Lo siento. No sabía nada.

—¿No te lo había dicho tu madre?

—Seguro que me lo dijo y yo no lo recuerdo. —Ay, no. Esta vez, esa excusa no—. Pero no creo. Me acordaría.

—No te preocupes. Yo tampoco te llamé.

—Ya, pero…

—En serio, da igual. Venga, cuéntame hasta cuándo vas a estar por aquí.

—La verdad es que no tengo ni idea. ¿Sabías que el tipo aquel me llamó a la radio antes de morir?

—Pues claro, cariño, esto es el bar. Además, salió en *El Provincial*. Por cierto, y antes de que se me olvide, ha venido el periodista.

—¿Cuál?

—El que escribió la noticia.

—¿El de *El Provincial*? ¿Y qué quería?

—Qué quiere, amiga mía, qué quiere. Aún está aquí. Ha cogido habitación para tres días. Me ha preguntado si conocía a tu madre, si podía decirle dónde vivía o darle su número de teléfono. Le he dicho que no. Primero porque apenas la conozco, que aquí tu señora madre no ha venido nunca, y segundo porque no voy a dar yo nada de nadie a uno de fuera sólo porque me lo pida.

—Gracias, Casimiro.

—Case.

—Perdona, la costumbre.

—Tranquila. De todos modos, a algún paisano encontrará que le cuente. Pero tú no te apures, que lo tengo aquí fichado.

—¿Te ha dicho él que era periodista?

—Le he visto una tarjeta en la cartera donde ponía PRESS. Y se llama como el del diario. No falla. Aún no le he devuelto el DNI.

—Bueno, es normal que venga. Lo raro es que no haya más.

—Me han llamado por teléfono otros dos para preguntar lo mismo, pero tampoco les he dicho nada.

—Qué lío.

—¿Y qué tal estás?

—De pena. Me han quitado el programa.

—Anda, ¿y eso? Ni que lo hubieses matado tú. ¿Qué te pongo?

—Pues eso digo yo. Que qué culpa tengo de que a un tipo le peguen un tiro en casa de mi madre mientras habla conmigo. Una cerveza y un tequila.

—Pensaba que el tiro se lo había pegado él.

—Pues no.

—¿Qué tequila?

—Cualquiera reposado.

—No tengo de ésos.

—Pues entonces un coñac.

—¿Y una cerveza?

—No, sólo el coñac.

—¿Eso bebéis las chicas en la capital? —Case puso cara de extrañeza.

—Lo bebo yo cuando no hay champán.

—Yo tengo champán. —Seguía mirando a Berta con cara rara.

—Era broma.

—Coñac. ¿Te has vuelto marimacho?

—Todavía no, pero no lo descarto.

Se miraron, Case muy serio y Berta muy nada. Un par de segundos después, Case arrancó.

—¿Cómo sabes que le han pegado un tiro? Decían que se había suicidado.

—La poli volvió el otro día a preguntar por la escopeta. No saben dónde está.

—Vaya.

—Y le dieron por la espalda.

—Eso pinta mal.

—Pues a mí me parece una noticia estupenda. Cuanto más asesinato sea, menos se me puede culpar.

—No, claro, a ti nada. Lo jodido es para tu madre.

—Para mi madre, ¿por qué?

—Bueno, no me malentiendas, pero si alguien lo ha matado es normal que la gente piense en ella.

—¿La gente?

—El pueblo, la poli, el periodista... la gente.

—¿Es que andan diciendo algo de mi madre?

—No, mujer. Nadie dice nada. No que yo sepa. Relájate. Venga, te acompaño con una cerveza y hablamos de otra cosa. Bueno, qué... ¿tienes novio ya?

—¿Y qué tal sigue tu mujer?

—Coño, Berta, qué mala hostia.

—No haber empezado tú.

—Mira, por ahí va el periodista.

Berta miró hacia donde le señalaba Casemiro, en la plaza. Un hombre joven, con tejanos y cazadora de cuero marrón, paseaba con las manos en los bolsillos. Miraba hacia arriba, a los balcones, recorría con la vista todas las casas. Se paró un momento frente a la de don Miguel, dio dos pasos atrás y se puso a observarla.

Era el edificio más grande sin contar la iglesia. Un palace-
te de piedra con blasón sobre la puerta al que regresó la familia entera después de que don Miguel hubiese ejercido de
abogado en la capital hasta los cincuenta años. Sus padres
eran de buena familia, y completaban el rendimiento de las
tierras y el ganado con lo que les daba ser dueños del molino. Los padres de don Miguel murieron en un accidente de
autocar cuando estaban de viaje en Cabo de Gata, Almería.
Les encantaba el mar. Se decía que don Miguel peleó con
uñas y dientes para sacarle al seguro una indemnización mayor que la que le ofrecía. Fue difícil. Se alegró mucho cuando
ganó. Contaban que después se sintió tan mal por el dinero y
por la alegría de ganarlo que cerró el despacho y se largó con
doña Angustias, su mujer, a rendir homenaje a los viejos ocupando la casa familiar, viviendo como ellos. El sentimiento
de culpa tiene cosas raras, muy raras. Asumió en la villa el
papel de su padre como juez de paz.

El periodista no podía ver que por su espalda se acercaba
la dueña de la casa. Un policía municipal le acarreaba la
compra. Era sobrino, o hijo de un sobrino, una de esas rela-
ciones familiares lejanas que sólo se tienen en cuenta en los
pueblos. Al policía lo conocía Berta de haberle visto acudir al
colegio con Raúl, a quien su madre no dejaba salir solo. La
sobreprotección de aquella mujer hacia su hijo era enfermiza,
y el sobrino, dos años mayor, aceptó con gusto el papel de
escudero, el guardaespaldas del heredero. En cuanto hubo
una vacante de guardia urbano, don Miguel le consiguió el
puesto. A todo el mundo le pareció natural, a doña Angustias a la que más. Aquella mujer controlaba todo lo que tuviese que ver con los suyos, y en particular con su hijo, con
una mano más firme que la de un capitán general. Por eso

Raúl se había marchado a la ciudad en cuanto tuvo ocasión. Lo que no se esperaba era que su madre removiese el suelo bajo su marido hasta que el hombre le dio razón y se mudaron tras él los dos. Raúl se desesperó al principio, pero luego se resignó. Años después, volvieron al pueblo todos juntos.

La mujer y el policía pasaron junto a Carlos sin pararse pero ambos le hicieron saber, con una sola mirada y de reojo, que aquello que estaba haciendo no les parecía bien. El periodista aprovechó que la mujer buscaba las llaves en su bolso para acercarse. Doña Angustias retrocedió medio paso y el sobrino se interpuso entre ambos. Carlos dijo algo con una sonrisa, pero ninguno de los dos se la devolvió. La verdad era que doña Angustias ni siquiera le respondió. Le dio la espalda, abrió la puerta y le dejó allí, en el rellano y a pleno sol, con la palabra en la boca. El guardia esperó a que Carlos se diese la vuelta y se marchó hacia el retén policial, tres puertas a la derecha de aquella enorme casa familiar. Carlos mascullaba. O al menos eso parecía desde la distancia a la que Berta y Case observaban.

—No sabe éste dónde se quiere meter —dijo Case sin apartar la vista.

El hombre volvió a meterse las manos en los bolsillos, echó un último vistazo a la casa y cruzó la plaza despacio, hacia el bar. Antes de llegar, consultó su móvil. Entró con el aparato en la mano.

—Aquí la cobertura va fatal.

—De siempre —respondió Case.

El forastero vio a Berta apoyada en la barra sorbiendo de su copa de coñac y se quedó mirándola. Berta retrasó la acción de tragar. Al otro se le formó un interrogante en la cara que duró un instante y, después, sonrió con aparente sinceridad.

—Hola, ¿qué tal?

—Bien, gracias.

—Me llamo Carlos. ¿Te puedo acompañar?

—Bueno, tú siéntate por aquí y nos acompañamos todos.

—¿Tu nombre es...?

—Berta.

—Berta, eso es. Eres la hija de Rosa Lezcano. La de la radio.

—Sí. Leí tu artículo. ¿Cómo lo supiste tan rápido?

—No es mérito mío. Alguien lo chivó en Twitter.

—Por supuesto. —Berta asintió con aire de resignación.

—Cualquiera diría que allí se junta el sector más brillante de la población española, ¿verdad?

—¿Eso es una broma?

—Sin gracia, veo. Que les den. —Estiró la mano para estrechar la de Berta—. Me llamo Carlos.

—¿Y qué, Carlos? —Casemiro se acercó a él—. ¿Se te antoja algo?

—Orujo blanco con un hielo.

—Vaya, un bebedor de tradición. —Berta estaba molesta, pero no quería que se le notase.

—¿Tú qué bebes?

—Coñac.

—Otro combinado de última generación.

Casemiro le sirvió la copa y se colocó, desde su lado de la barra, en un punto equidistante entre los dos.

—¿Cómo ha ido la mañana? —le preguntó a Carlos inmediatamente—. ¿Algo interesante?

—Poca cosa, la verdad. La gente es amable, pero no cuenta mucho. Nada que no sepa ya.

—Bueno —intervino Berta—, a lo mejor es que no saben más.

—No, no creo que sea eso. Yo no les pregunto nada en concreto. Saco el tema y espero a que hablen ellos. Qué recuerdan, cómo se enteraron. No sé, cómo lo llevan. Averiguar qué tal está el pueblo ahora, ya sabéis. Mientras no haya datos nuevos, hay que trabajar las impresiones, el pulso de la aldea. —Bajó la cabeza, miró su orujo y lo movió en la copa.

—Ya —dijo Berta mientras se levantaba y buscaba monedas en el bolsillo—, una crónica de ambiente, una nota de color. Pues que tengas suerte.

—Déjame que te invite, por favor.

—No —atajó Casemiro—. Lo suyo corre a cuenta de la casa. Lo tuyo lo puedo apuntar a la habitación.

—Gracias, Case. —Berta salió con prisa. Se imaginaba lo que seguiría a continuación y quería evitarlo—. Te veo en otro rato.

—Con eso cuento.

—Déjame que te acompañe. —Ahí estaba, por supuesto. Carlos se levantó, decidido a salir con ella.

—Tú —era Casemiro— te cuidarás mucho de molestarla. Berta, ¿voy contigo?

—No, no. Tranquilo. —A Berta la reacción no le extrañó, pero Carlos levantó las manos por encima de la cabeza—. No creo que haga falta, ¿verdad?

—No tengo intención de molestar más que lo justo. En todo caso, lo que ella quiera tolerar. —Sonrió, tratando de ganarse el favor de ella—. Bueno, si acaso un poco más. Pero sin daño. —Miró a Case—. Lo juro. Si vuelve y se queja, mátame mientras estoy durmiendo.

Berta salió a la plaza, y Carlos, tras ella.

—¿Te puedo acompañar?

—Voy a la biblioteca. Te doy lo que tardo en cruzar hasta allá. —Señaló la casa al lado de la iglesia y echó a andar.

—No hace falta que te diga lo importante que sería para mí poder hablar contigo de lo que ocurrió aquella noche y de todo lo que vino después. Y con tu madre, por supuesto.

—Cierto, no hace falta que me lo digas. Y por eso no quiero que quede la más mínima duda: no.

—Entiendo, entiendo tu reacción, pero deja que me explique.

—Carlos era, ¿verdad? —Él asintió con una sonrisa—. Carlos, olvídate. Eso no va a pasar.

—Deja que me explique. —Carlos hablaba despacio, asegurándose de que se explicaba perfectamente, para evitar malentendidos y, también, meteduras de pata por su parte. Se jugaba mucho—. No busco detalles escabrosos ni revelaciones morbosas. No es mi intención insinuar nada que os pueda dejar en mal lugar, y mis preguntas serían blancas, abiertas, sin intención. Nada. Y todo grabado. Sólo vuestra versión. Nada de interpretaciones. Sin trampa ni cartón.

—No dudo de tu buena fe, pero no es posible, ¿sabes? No se puede. Hay una investigación en marcha sobre la que no podemos contar nada, y una situación delicada, en un pueblo pequeño, en el que tampoco queremos que se desate ningún rumor.

—Rumores ya hay.

—Imagino.

—Podríais desmentirlos.

—¿Qué dicen?

—Hablan sobre tu madre y la víctima.

—¿Y qué dicen los rumores?

—Ya sabes, chismes.

—No, no sé nada. Cuéntamelo tú.

—Pues, a ver... —Carlos se sentía incómodo. Lo de tirarle a alguien de la lengua a pesar de la falta de voluntad del otro le hacía sentir mal. Poco digno. Pero qué le iba a hacer, gajes del oficio—. Que su relación no era sólo profesional. Que tu madre se había encaprichado del chico.

—¿Te lo han dicho o te lo estás inventando?

—Me lo han dejado caer.

—O sea, que nadie lo ha afirmado. —Berta se estaba alterando.

—Pero me lo han querido dar a entender, sin lugar a dudas. Lo tengo grabado.

—Quiero oírlo.

—Eso no lo voy a hacer. No se revela una fuente.

—Una vieja cotilla con la lengua larga es una fuente de mierda.

—Será. Pero es mi fuente. Os ofrezco la oportunidad de aclararlo.

—¿Aclararlo? —En este punto de la conversación, ella dejó de tomarlo en serio—. ¿Aclarar el qué? ¿Hay acusación firme, señoría? ¿No debería mostrar pruebas el que acusa?

—Sabes que esto no va así.

—Esto va como tú quieras que vaya. Además, como rumor es bastante poco original. —Berta sonreía con altivez—. Déjanos en paz.

—De verdad, Berta. No quiero causar más molestias de las necesarias, pero he venido aquí para contar lo que ocurre y lo que se dice. Lo que digáis vosotras tiene prioridad, pero siempre que me contéis algo. —Berta echó a andar de nuevo y él siguió tras ella—. Si no quieres, no me hace falta ni siquiera una entrevista. Me basta con unas declaraciones.

—Te basta con unas declaraciones, claro. Ya rellenarás tú con lo que sea.

—Sobre todo de tu madre, pero lo mejor sería de las dos juntas. Así os acompañáis la una a la otra. —Carlos no podía rendirse, no sabía cuándo volvería a estar tan cerca de ella—. Podríamos hacer un retrato de vuestras emociones. Seguro que, si es contigo, tu madre está de acuerdo. Seguro que lo prefiere. Es más —añadió, y volvió a arriesgar—, estoy convencido, en cuanto le cuentes lo que se dice en el pueblo.

—A mi madre lo que se diga en el pueblo le da igual.

—Pues cuando el río suena...

—Cuando el río suena mi madre se lava las bragas en él. —A Berta se le había acabado la paciencia y el sentido del humor—. ¿Entiendes eso, gilipollas?

—Vale. —Carlos reculó. Tomó otro camino, más conciliador, y quién sabe si más efectivo. Probó—. Vale. Me he pasado de listo. Berta, por favor. Olvida lo que te he dicho, ni siquiera lo pienso, estaba dando palos de ciego. Pero puedo ayudarte.

—No, gracias.

—Puedo escribir en tu favor.

—Métete los favores por donde te quepan.

—Te estoy devolviendo la voz.

Berta le miró. Él aprovechó la atención.

—Para mí sería un logro y para ti una carta abierta, una crónica que cuente lo que tú quieres decir y que nadie te ha preguntado aún. Tu versión. Cómo fue, cómo lo sentiste y cómo te afectó. Piénsalo. Una página entera, tal vez dos. Te has quedado sin curro, ¿recuerdas?

Por encima de la rabia, consideró la oferta. Era muy muy tentadora. Un espacio serio en el que explayarse y desplegar su argumentación. Sobre la llamada, sobre el enjuiciamiento en las redes y en otros medios. Sobre el ser apartada del programa. Al fin alguien interesado en escucharla y que, además, le ofrecía un altavoz.

—Berta, piénsalo. —Carlos decidió no seguir presionando. La vio dudar y se dio por satisfecho. Era un avance exponencial sobre la situación de hacía un instante y lo dejó así. Si respondía que no a eso, el tema estaba muerto—. Te prometo ser fiel a lo que me digas. Te lo enviaré antes de publicarlo para que lo corrijas.

—Eso no se hace nunca.

—Si me dices que sí, te dejo incluso que lo escribas.

—No, hombre, no. —Berta intentaba adivinar el efecto que podría causar el texto—. Parecería una rabieta. Me saldría lleno de rencor. Un artículo de exculpación siempre tiene mucho peligro.

—No me refería a eso. El artículo lo firmaría yo.

—Amigo… —Berta levantó las cejas ante una propuesta tan burda que la ofendió—. ¿Hasta dónde eres capaz de llegar? Qué pena de profesión.

—¿Entonces?

—Que te estoy diciendo que no. —Berta volvió a caminar hacia la biblioteca.

—¿Me presentarás a tu madre? —Carlos dejó que Berta se fuese alejando.

—Es pronto, cariño, no nos conocemos tanto. —Se rio.

—¿Te veo esta noche?

—No creo.

—Yo estaré en el bar. ¿Vendrás?

—No.

—Piénsatelo.

—Está pensado.

—Me daré a la bebida. —El periodista levantó la voz, porque Berta ya estaba a unos cuantos metros de distancia.

—Me parece bien. A partir de las nueve, aquí hay poco más que hacer.

Berta dejó atrás a Carlos y sintió un terrible dolor de cabeza. Una punzada en el lado izquierdo, detrás del ojo. Y acusaba el calor. Por fin llegó a la biblioteca. Era una sala grande y cuadrada de techos altos, casi cuatro metros desde el suelo, de paredes forradas de libros provenientes del fondo de los Andújar en su mayoría y algunos escogidos uno a uno por la antigua maestra, doña Felisa. La mujer cumplía la función de bibliotecaria por amor al arte y por un alquiler municipal de bajo coste que le pagaba el ayuntamiento por la cesión del local. Era el bajo de su casa, un bonito edificio de dos alturas en cuya parte superior estaba su vivienda. Al fondo de la sala había un pequeño despacho, donde la mujer escribía dos o tres horas al día. Doña Felisa era, oficialmente, La Cronista de la Villa.

Se le agrandaron los ojos al ver entrar a la hija de la artista.

—Buenas tardes.

—Muy buenas, adelante.

—Venía a por un par de libros, pero no sé qué habré hecho de mi carné. Hace mucho que no lo uso.

—¡Pero, bueno, si eres tú! ¿Qué tal estás, querida? ¡Cuantísimo tiempo, por favor! ¡Años! ¡Aaaños! ¿Cómo estás? ¿Cómo va todo? ¿Y tu madre? ¿Cómo sigue tu madre? Es que mira que esa mujer, viviendo tan cerca, y tampoco se deja ver. Cómo es, de verdad, cómo es. De rara. Pero a mí me encanta, eh, me encanta. Es lo que tiene ser artista, que vas a la tuya y a todo el mundo le parece lo normal. Que parece que tiene que ser así. Para ser como los demás, pues no se es artista, ¿verdad? Claro. Y tan contenta. Con lo que habrá tenido tu madre que tragar por esos mundos. Y entre esas gentes. Pues por lo menos que pueda hacer vida aparte y le valga la pena lo que haya tenido que pasar. Madre soltera, además. Tu madre ha sido muy valiente, mucho. Yo la he defendido siempre.

Y ahí lo dejó doña Felisa, con ese final dramático: «Yo la he defendido siempre». Juntó las dos manitas sobre el regazo, porque la mujer era pequeña, y esperó.

—¿De qué? —Eso era lo que esperaba, claro.

—¿De qué? ¡Pues no hay aquí lenguas *pa* cortar! —Aquí se le escapó el vulgarismo que no solía utilizar. Lo lamentó—. Pero yo siempre me he puesto de su parte. Siempre. Porque a mí me parece que una mujer tiene que ser libre. Libre, independiente y muy señora. Y tu madre es muy señora, que aquí no se le ha visto nada que después se pueda llevar en andas. Y eso que mira los años que lleva sola. Hasta lo del chico este. Pero, bueno, eso no cuenta, porque tampoco se sabe. Que se le veía de vez en cuando con el de la farmacia, así que de eso no os tenéis que preocupar, que aquí todo el mundo sabe que era harina de otro costal. Agustín, muy buen chico, pero otra historia. Así que ya le puedes decir que, si alguien habla, yo también hablo. Que aquí hay mucha envidia. Tú díselo.

—¿A mi madre? —Berta no estaba segura.

—A tu madre, sí. De mi parte. Que esté tranquila. Bueno, y ahora tú. Que ahora estás tú. ¡Qué alegría! ¡Y lo contenta que tiene que estar tu madre de tenerte en casa! ¿A que sí?

—Sí.

—Pues claro, ¿cómo no iba a estarlo? ¿Y para mucho?

—¿Aquí?

—Claro, hija… —Doña Felisa ralentizó el ritmo del habla—. ¿Dónde si no? Que cualquiera diría que eres periodista. Aquí. ¿Va para largo?

—Pues no lo sé, la verdad. —Berta se sentía incómoda. Como frente a un examen sorpresa—. Ya iré viendo.

—Así me gusta. Los jóvenes tenéis que vivir al día. Al día. Nada de hacer planes de vida que no sabes nunca cómo van a acabar. —El caso es que la vieja, además de mala, era lista—. Porque dime, bonita, ¿tú sabes cuánto más vas a vivir?

—No.

—Pues ya está. —Doña Felisa sonreía—. Cuéntame, hija, ¿en qué te puedo ayudar?

Berta volvía a casa dando un paseo. Eran unos quince minutos a velocidad lenta, la que llevaba ella. A esas horas de la tarde, con el sol aún alto, no se podía hacer otra cosa que caminar con calma. Despacio. Muy despacio.

En su bolso cargaba con tres libros, dos que le había recomendado la bibliotecaria y otro que había elegido ella. Esa mujer sería más bicho que persona, pero acumulaba cierta cultura y era inteligente, a pesar de lo que dejaba ver en sus crónicas. El bolso le pesaba como una pena. Acarreaba con *El mundo deslumbrante*, de Siri Hustvedt, los *Diarios completos*, de Sylvia Plath, y *Rayuela*, de Julio Cortázar. El primero sobre la impostura del mundo del arte, el machismo soterrado y la ocurrencia de una mujer brillante. La autora sabía de lo que hablaba. Hustvedt era una ensayista, novelista y poeta estadounidense de padres noruegos, aunque se la conocía más por su marido, Paul Auster. El segundo era la confesión angustiada de Sylvia Plath, joven y poeta, para qué quieres más. Pero es que hay más. Madre de dos hijos. Metió la cabeza en el horno y abrió la espita del gas. Tenía treinta años. El mundo entero creía (la parte del mundo entero que por el motivo que fuera se interesó un día por este tema) que lo que empujó al suicidio a Sylvia Plath fueron las infidelidades de su marido, sus maltratos y, mucho antes, la muerte de su padre cuando ella era niña. De tanto oírlos, una se habituaba a explicar los desvaríos de las mujeres a través de los desplantes de sus hombres varios. También Berta. Hasta que se topó con una frase aparentemente inocua que añadía: «Algunas voces aseguran que, ahora, Sylvia Plath estaría en tratamiento por bipolar». Ya está. Nada de desamparos por falta de protección masculina. Era una joven mujer inteligente, despierta, de cuerpo fuerte pero mente castigada. Nada que ver con la necesidad de estar bien tutelada.

Le costó conseguir el ejemplar de *Rayuela*. Lo vio y, de repente, le pareció una idea estupenda. Consideró que era un buen momento para hacer un intento serio de leer la novela entera. No era la primera vez, pero sintió que ésa sería la buena. Tuvo que pelearlo. Doña Felisa, que entre otras cosas se preciaba de ser la única que había leído *Rayuela* varias veces y de distintas maneras, se resistía a prestárselo. No lo dijo directamente, claro, pero hizo lo posible por quitarle las ganas. Que si los personajes no son creíbles, que si está la trama hecha un nudo, que si mira tú que lo puedes leer de principio a fin, pero también desde la mitad hacia delante, saltando capítulos o del revés, que cuando te metes ya no lo puedes dejar y tú acabas de llegar y seguro que tienes la maleta por vaciar. Total, que no le daba la gana a la bibliotecaria que Berta también averiguara, como ella, aunque fuese sólo una de las múltiples maneras en que se puede recorrer *Rayuela*. Berta estaba decidida. Más aún al ver la reticencia de doña Felisa, la maledicente Cronista de la Villa. Lo sacó del estante con sus propias manos.

—No se preocupe, lo tomaré como un reto. Mejor el fracaso que la falta de intento. Por cierto, ya habrá visto en el periódico que el muerto no tocó el agua. Lo digo por aquello del mosto que leí en su crónica.

—¿La leíste?

A la mujer le pudo más la satisfacción de que su texto hubiese llegado hasta ella que el gravísimo error en el relato de los hechos. Así es el ego de los que juntan cuatro letras: suicida.

Berta dejó la biblioteca dando vueltas a aquello de que a Sebastián le habían visto con el farmacéutico. Que esa mujer lo insertase así, en mitad de la conversación y con la delicadeza de la caída de un obús, tenía el objetivo de hacer socavón. Y lo consiguió. El pueblo no daba para tener una farmacia y Agustín dispensaba por todo el territorio. Un boticario ambulante que vivía solo. Se recorría las dos laderas en días alternos, una hoy y la otra mañana, y la parte baja del valle la atendía a demanda porque además de farmacéutico hacía de enfermero. El médico pasaba consulta tres días a la semana, pero como la población alcanzaba los sesenta y dos años y tres achaques de media, Agustín no paraba. Cada viernes salía hacia la capital a por medicinas. Nunca se le conoció una novia. Se decía en el pueblo que era marica y que se soltaba la melena (así decían, «soltarse la melena») en los viajes de los viernes. Al parecer alguien le vio una vez, pero cuando preguntabas, nadie sabía quién. («Le han visto», decían. Así, en genérico.) El rumor. Tan dudoso como irrefutable. En Rayuela siempre se le consideró bien. Un buen hombre. Con mal vicio pero buena voluntad. Se quedó en el pueblo para no dejar solo a su padre, y después adónde iba a ir él a los cuarenta y seis.

Un bocinazo devolvió a Berta al mundo real de muy malas maneras. El camino era amplio y ella iba por el arcén, así que no había necesidad de hacer sonar el claxon. Se puso inmediatamente de mal humor. Fue algo parecido a cuando estás concentrado y alguien te da con el dedito en el costado. Cuando se dio la vuelta vio que era una furgoneta pequeña de color blanco que se estaba poniendo a su lado. Se agachó para situarse a la altura del conductor y forzó la vista para distinguir el interior. Era Raúl. Frenó. Ella también se detuvo.

—Sube, que voy para tu casa.

—No te preocupes, estoy bien. Quería pasear. Gracias. —Berta forzó una sonrisa bastante afable, creyó, y echó a andar de nuevo.

—Pero qué gilipollez es ésa, con este calor. —Raúl había sacado la cabeza por la ventanilla—. Sube, mujer.

—De verdad, he dejado el coche en casa, voy a pie por gusto. Sigue tranquilo. —Berta le miraba sin dejar de avanzar. Seguía sonriendo, creía.

Raúl dio un acelerón y se puso de nuevo a su altura.

—Ha venido a verme la Guardia Civil.

Berta continuó andando y él hizo avanzar el coche a la misma velocidad. Conducía con el brazo izquierdo estirado para alcanzar el volante, porque el cuerpo lo tenía totalmente inclinado sobre el asiento del copiloto, el que quedaba más cerca de donde estaba Berta. El coche bandeaba un poco, pero iba demasiado despacio para ser peligroso. O no. En un momento dado el vehículo se acercó tanto a ella que estuvo a punto de pisarla. Berta seguía caminando. Él la miraba sin hablar. No iba a añadir más hasta que no obtuviese respuesta a la cuestión anterior. Tampoco iba a marcharse. Ella lo sabía. Le conocía. Con él no había libertad para hablar o callar. No admitía la indiferencia. Se mantenía firme en la espera, en el seguimiento, en el acoso, hasta que arrancaba algo, lo que fuera. Dos palabras podían ser suficientes si se disimulaba el desagrado. Pero, al menos, dos palabras. Si no recibía nada lo interpretaba como un profundo desprecio. Y se enfadaba. Siempre. Estaba obsesionado con eso.

—Han hablado con todos los de la casa —respondió finalmente Berta—. Es normal. También conmigo.

Raúl adelantó a Berta y dirigió el vehículo a la derecha hasta ocupar el arcén, justo en su camino, justo delante de ella. Así era él. Le obstaculizó el paso y salió de la furgoneta. Ella no quiso dejar de caminar, pero para cuando llegó a su posición él no dejó que le bordease.

—Un momento, joder. —Dio un paso hacia ella—. Podríamos estar hablando tranquilamente si me dejases llevarte. —La cogió del brazo, sólo un instante, lo justo para frenar su avance. Sonreía.

En ese momento pasó una motocicleta en sentido contrario al suyo, hacia el pueblo. Parecía la de Pedro, el Vespino que llevaba para encargarse de las zonas de riego. Berta deseó que parase, pero el regador les echó una mirada rápida y pasó de largo, así que se vio obligada a cuidar sola de ella misma.

—¿Por qué te empeñas en que las cosas sean como a ti te da la gana?

—¿A mí? —Sonreía aún más—. ¡Pero si lo digo por ti!

—Pero es que a mí no me hace falta. No necesito que me lleves a casa. No quiero que me lleves. Quiero seguir caminando, bajo el sol, hasta mi casa. ¿Lo entiendes, Raúl?

—Chisss. —Él le pidió calma con un gesto de la mano y sonrió—. Tranquila. Tampoco es para ponerse así, ¿no crees? Sólo intentaba ser amable.

Berta le dio la espalda y aceleró el paso. La rabia, otra vez esa rabia, la plegaba por dentro. La cogía de todos sus extremos y tiraba de ella hacia el centro. Y allí, en ese centro, algo hervía. Sin dejar de caminar, estirada y con la vista al frente, oyó como Raúl abría y cerraba la portezuela, encendía el motor y hacía rodar la furgoneta por la grava. Ella continuó andando, tragándose las ganas de darse la vuelta y controlar lo que ocurría a su espalda. Raúl la adelantó y, justo a su altura, mientras ella aún evitaba mirarle, hizo sonar de nuevo la bocina. Ella no pudo reprimir un sobresalto. Él se rio y se alejó levantando polvo.

Berta tragó saliva y pronunció muy lentamente:

—Hijo de puta.

Pero no se sintió mejor.

Llegó al camino de la propiedad y lo recorrió, vigilante. Le alteraba sentir la proximidad de Raúl. Al llegar a la explanada vio la furgoneta a su derecha. Su amenazante furgoneta blanca. Un hombre podía impregnar su vehículo de él mismo, igual que los perros asimilan las miserias de sus dueños. Igual. Él no estaba. Berta se acercó como el que se arrima a una bestia dormida. Miró a los lados. Sacó una llave y le rayó una esquina. Poco, pero algo era. La furgoneta no reaccionó. Siguió inmóvil sobre sus ruedas de caucho, anulada. Menos mal. Berta sintió que se había librado de algo.

En la cocina, Rosa discutía con Paulina.

—Pues lo que usted diga, doña Rosa. Razón tendrá.

—Oye, a mí no me des la razón como a las locas.

—No, por Dios, señora. Pero si no quiere ver usted lo que está a la vista de todas…

—¡Pero a la vista de qué! ¡Si ni la chica ni su padre han abierto la boca! ¿Qué vais a saber vosotras?

—Eso no se puede esconder. Precisamente eso no se puede esconder.

—¿De qué habláis? ¿Hay agua fría? —Berta estaba sedienta, seca. La lengua se le pegaba al paladar.

—Aquí Paulina me está contando los últimos chismes sobre la pobre Aurora.

—Aurora… —repitió Berta, buscando en su memoria.

—La hija del Casemiro —atajó Paulina—, el del bar, la que estaba en estado.

—¡Pero ¿y tú qué sabes?! —Rosa estaba alterada y a Berta le empezó a parecer divertido el asunto. Le resultaba una escena tan familiar que la reconfortó.

—Porque me lo contó la Josefa, la del farmacéutico. Que la chiquilla pasó un día a recoger no sé qué pastillas. Se las dan a las preñadas para que la criatura se forme entera.

—¿Qué pastillas? —preguntó Rosa.

—Ay, señora, yo no sé cómo se llaman. No me acuerdo, pero son para que tenga la espalda recta y todos los dedos.

—¿El farmacéutico tiene novia? —Berta estaba confusa.

—El Agustín qué va a tener novia. ¡Si es mariquita! —lo dijo con mucha exclamación y una sonrisa, como si Berta no supiese lo que es la vida—. ¡Josefa es la que le limpia!

—Eso creía. —A Berta la molestaron los modos de Paulina—. Pero me ha despistado lo que has dicho.

—¿El qué?

—Lo de Josefa, la del farmacéutico. —Berta imitó a Paulina. Ya no lo encontraba divertido. La otra la miró desconfiada. Berta quiso rebajar la tensión—. Además, también podía haber ampliado gustos.

—¿El Agustín? —Paulina abrió unos ojos como lunas llenas.

—¿Qué pasa? ¿No podría ser?

—Ah, no. ¡¿A *to*?! No, no. —Paulina parecía ofendida—.

Pues no puede ser, no, *to* no se puede tener. —Y enfadada—. Bien está que si las personas se saben comportar se las consienta según qué debilidades, pero o una cosa o la otra. Lo demás es lujuria.

—O gula, ¿no? —añadió Berta con un sarcasmo que Paulina no captó.

La mujer rio con complicidad y a Berta le fastidió que pensase que le seguía la gracia.

—Ahora dime, Paulina… —Rosa no abandonaba la intención de cuestionar la base de sus chismes—. ¿Cómo sabe esa mujer qué es lo que toma la chiquilla?

—Porque ella anda por allí, por la casa, y la gente entra y sale y le pide al Agustín.

Ni a madre ni a hija les pasó desapercibido que Paulina había bajado la voz.

—Sí, de acuerdo, pero ¿cómo sabe que eso que toma Aurora es para el bebé?

—El feto —corrigió Berta. Rosa se la quedó mirando—. Es un feto.

—Qué más da. —A Rosa le fastidió la interrupción—. Lo que sea. —Volvió a mirar a Paulina—. ¿Cómo lo sabe? ¿Lo hablaron delante de ella?

—Pues a lo mejor. —Paulina había perdido la arrogancia en el tono.

—No me lo creo. Agustín es muy discreto. A mí me ha atendido siempre en el despacho a puerta cerrada.

—Le digo yo que la Josefa lo sabe cierto.

—Pues dime cómo.

Paulina se calló. Se le notaba que no quería cruzar la línea que ya estaba rozando con la punta del delantal. Rosa, que conocía bien a la mujer, sólo tuvo que darle un pequeño empujón.

—O sea —añadió muy despacio—, que no lo sabe. Que a lo mejor la tal Josefa se lo imagina.

—¡Que no! ¡Que lo sabe! —Paulina luchaba contra sí misma. Quería y no quería decir algo.

—Que no me lo creo. Lo supone, como mucho. O se lo inventa.

—¡Que no se lo inventa, coño! ¡Que lo sabe seguro! ¡Que vio la receta con el nombre y lo buscó en el internet!

—¡¡Válgame Dios!! —Rosa se levantó de golpe de la silla, escandalizada, mientras Berta se quedaba paralizada con los carrillos tensos y la boca llena de agua, el vaso a medio camino entre su boca y la encimera, y los ojos muy abiertos—. ¡Pero eso roza lo delictivo! —Rosa estaba fuera de sí. Berta tuvo que escupir el agua en el fregadero. Rosa se dirigió a ella—. ¡Pero ¿tú has visto hasta dónde puede llegar esta gente?!

Berta estalló en una carcajada corta y se puso las manos sobre la boca. Estaba realmente sorprendida. El nivel de complejidad al que había llegado el sistema de comunicación interno de Rayuela la dejó pasmada. Una auténtica red de espionaje con sus canales de información y sus recursos tecnológicos y todo. Paulina se había puesto a recoger las tazas del café y se le notaba en cierto modo arrepentida. Era uno de los miembros más efectivos del sistema. Su especialidad era la difusión. La transmisión del mensaje. El boca a boca. Su lema, el mismo que el de cualquier canal de información continua: «Está pasando, te lo estoy contando». O más a medida: «Te lo estoy contando, mejor será que haya pasado». Porque, como todo el mundo sabe, pocas impotencias dejan tan arrasado como ser el personaje principal de un rumor falso. No hay nada que hacer al respecto. Es mejor, y hasta la víctima llega a desearlo, que la acusación sea real. Se pasa menos mal. Esto es un hecho comprobado. «Si por lo menos fuese verdad» es un pensamiento fijo en todo aquel que se ve envuelto en un cotilleo de nivel.

—Habéis llegado a extremos insospechables. —Rosa dramatizaba a propósito. Berta se lo vio enseguida—. Dais miedo.

—Tampoco se pase. —Paulina lamentaba haber revelado su fuente—. Eso lo hizo una vez. —Rosa la miraba, acusadora, mientras la otra seguía ocupada con las tazas. Estaba algo reticente, pero se recuperó de inmediato y se dirigió a Berta—. Y todo esto venía a cuento de que ya ni está en estado ni *na*.

—Ah, ¿no? —Berta no pudo evitar verse atrapada por el giro de la narración.

—No. El otro día bajó al río con una amiga. Como hacía bueno, la otra chiquilla se metió en el agua y ella no quiso. —Se calló.

—No quiso ella. —Berta adivinó qué venía a continuación.

—No quiso. Tenía la regla, dijo. Primero su amiga pensó que lo decía para engañar.

—Qué mal pensada, su amiga.

—Pero es que resulta que, cuando se recogieron para volver al pueblo, la Aurora iba manchada.

—Y claro, ahí ya no quedó lugar a dudas. —Berta ya no recordaba hasta qué extremo podían llegar las habladurías en un lugar tan pequeño. Y cerrado. Para según qué cuestiones, casi estanco. Lo había vivido, había formado parte y tomado partido, aunque ya no tenía consciencia de hasta qué punto podía ser obsesivo para aquella gente, la mayoría buena, manejar noticias frescas de los que tenían cerca. O no tan frescas.

A un buen rumor se le podía seguir dando vueltas, sacando punta y rizando el rizo durante meses. He ahí la prueba—. Así que, ¿qué pasa ahora?, ¿no era verdad aquello del embarazo?

—No. Lo del embarazo era, vaya si era. —Paulina bajó la voz y adelantó la parte superior del cuerpo, como si alguien pudiese oírla—. Pero se lo ha quitado.

—Paulina, por favor. —Rosa se levantó de la silla—. ¿Lo ves, hija? —Miraba a Berta con cara de verdadera preocupación—. Esta gente está loca, está ida.

—Lo que usted diga. —Paulina defendía su posición—. Pero hace tres semanas se fue a la capital, que se lo contó a su amiga. A ella le dijo que a mirar mesas y sillas para el bar, pero el bar está igual, ¿no? —Insistió—: ¿O no?

A Berta le vibró el móvil. Casi se había olvidado de él. Tenía una llamada perdida. Era Bruno. Berta se alegró de ver el nombre de su amigo, pero el recuerdo de todo lo que él implicaba le era agrio. Decidió no dejarlo para más tarde, no postergar la incomodidad. No era una sensación que le agradase tener agarrada al pecho.

—Aquí lo más grave, en mi opinión —dijo Berta mientras se encaminaba hacia el salón—, es que la pobre Aurora cree que tiene una amiga. Mamá, cojo el teléfono portátil.

—No está, cariño. Reventó al caer con Sebastián.

—Ay, es verdad. —Otro cardado más en medio del ovillo emocional—. Mañana cojo el coche y voy a comprar otro. —Se sentía responsable. Al fin y al cabo, había ocurrido porque al imbécil le dio por hablar con ella.

Cruzó el salón y fue hasta el teléfono fijo, color crema y con cable en espiral, que había en el mueble del recibidor. Al lado, una sillita con el respaldo pegado a la pared la acogió con dificultad. Se preguntó si habría engordado. Frente al aparato, un bloc de notas y un bolígrafo diminuto recordaban que hubo un tiempo en que la gente dejaba recados. Fue antes de que el mundo estuviese siempre disponible y conectado.

Berta levantó el auricular, que parecía pesar medio kilo y le llegaba desde la oreja hasta cuatro dedos más allá de la barbilla. Mientras marcaba los números en el dial de rosca, ella, que iba por su tercer móvil en dos años, volvió a pensar en lo poco que había cambiado allí todo.

—¿Sí?

—¡Bruno! Soy yo, Berta.

—¡Berta, cariño! ¿Cómo estás? ¿Cómo va todo?

—Bien, bien. Muy tranquila. Ya sabes cómo es la vida en los pueblos. ¿Y tú?

—Aquí ando. Más o menos como me dejaste. Está todo muy aburrido.

A Berta le hizo gracia.

—Tú no sabes lo que es aburrirse, para eso tendrías que venir a verme unos días.

—No te creas.

—Pero, bueno, no te reconozco. ¿No tienes novio nuevo o algo?

—Estoy viendo a un chaval, sí. Pero demasiado joven.

—No será Daniel.

—Joder, Berta, no.

—Ah.

—¿Cómo se te ocurre pensar eso?

—De ése me creo cualquier cosa.

—Ya, pero ¿de mí? Aunque la verdad es que bueno sí está, sí.

—¿Lo ves?

—Pero que no, hija. No se me ocurriría. Además, ya está cogido.

—¡¿Mariana?!

—Eso querría ella, pero no. Andrés.

—¡¿Andrés?! ¡¿Mi productor?!

—Sí.

—La madre que lo parió.

—Lo mismo pensé yo.

—Pero ¿eso es seguro?

—Los pillaron el de seguridad y la de los boletines de madrugada. La chica creía que estaba sola, de repente oyó ruidos y fue a avisar. Así que mira si es seguro.

—¿Y cómo los pillaron?

—No me preguntes. Aquí se dice de todo, y esas cosas, si no las ves, no te las puedes creer. Pero por lo visto estaban en pleno lío.

Berta se rio, y con ganas. Daniel jamás le había hecho saber que fuese bisexual. Si lo hubiera sabido antes... Bruno siguió hablando.

—Pero es que espérate, que ahora la que está hecha polvo es Mariana.

—¿De verdad?

—De verdad. Estaba enamorada.

—¿Tanto?

—Cuánto. El disgusto que se llevó con lo vuestro fue tremendo, y no veas después, qué pesada. Pero lo de ahora ya es de dar auténtica lástima. No puedo más con ella.

—Pues mándala a la mierda.

—Pensaba que era tu amiga.

—Y tuya.

—Mía nunca ha sido.

—Pues mía sí, pero ya no me fío de ella.

—Hecho. Te tengo que dejar, que estaba a punto de salir para la radio. Entonces ¿estás bien?

—Sí, sí. Mejor, incluso. —Berta se volvió a reír—. Entonces ¿les pillaron bien?

—Del todo. Hala, reina, hasta la próxima. Oye, y respóndeme a los wasaps.

—¿Me has escrito? Es que aquí la cobertura es terrible, y olvídate del 4G y todo eso. Ya decía yo que mi móvil estaba muy quieto. Los primeros días lo apagué, aquí no hace falta. —Berta sacó su teléfono del bolsillo y revisó las notificaciones—. Nada. Ni WhatsApp, ni Twitter, ni Facebook ni nada. Algún correo veo. Había olvidado todo esto, Bruno, estoy casi aislada. Es una gloria.

—Pues quédate en ella.

—Sí. Oye… ¿aquello sigue haciendo ruido?

—Pero ¿no me acabas de decir que estás en la gloria?

—Tengo curiosidad. No quiero verlo, quiero saberlo. ¿Sigue?

—Sigue.

—¿Mucho?

—Menos, pero bastante.

—Hijos de puta.

—En general, sí.

—Vale.

—¿Estás bien?

—Sí, sí. No se suicidó, ¿sabes?

—No, no lo sabía. Aquí no ha llegado nada.

—Le pegaron un tiro por la espalda.

—¿En serio?

—En serio. En cuanto se sepa, se van a tener que tragar toda la porquería que me han echado encima.

—Berta, ten cuidado. Si no fue un suicidio, fue alguien que aún puede andar por ahí, escondido.

—Ojalá. Y que le pillen y yo lo vea.

—Se te olvida que hablas de alguien capaz de meterle un tiro a un tipo.

—Créeme si te digo que ahora mismo eso es lo que menos me preocupa.

—Te creo, pero tampoco lo olvides. Ten mucho cuidado.

—Claro. No te preocupes.

—¿Estás bien, seguro?

—Que sí.

—¿Puedo colgar tranquilo?

—Joder, qué cansino.

—Ay, chica, qué rabia das a veces. Hala, a corretear con las cabras.

—Gracias, Bruno.

—Llámame si hay cualquier novedad.

Berta colgó, apoyó la cabeza en la pared, imaginó a su manera la escena entre Daniel y Andrés, y volvió a reír. Daniel con Andrés. La pura constatación de una ambición obsesiva y una personalidad reptiliana. Algo como eso saltaba los muros de las redacciones y se extendía por todos los rincones de la profesión. Una profesión que toleraba mucho, es cierto, pero que adoraba el ridículo de un compañero. El mal rato que estarían pasando aquellos dos… La verdad es que se sentía bastante mejor.

El bienestar por el merecido mal ajeno aún le duraba a Berta cuando se despertó, y aprovechó esa energía para ir a correr. Era temprano, exactamente las ocho menos diez. Seguía el margen derecho del río, su ruta habitual. Los árboles se cerraban por encima de su cabeza y apenas dejaban pasar algunos rayos de sol. Pocos, pero mejor, porque si algo le impedía correr a gusto era el calor. Avanzaba con los ojos fijos en la tierra, irregular, aplanada por el paso del ganado y salpicada de piedras, hoyos, matas silvestres y babosas turgentes, como zepelines, que de ninguna manera quería pisar. Si por descuido reventaba alguna, y a veces ocurría, se le erizaba el vello de la nuca, se le cerraba la boca del estómago y la garganta se le abría como si las amígdalas quisiesen escapar. Un asco, vaya. Un asco de verdad. Ni la suspensión de las zapatillas de alta tecnología impedía que las notase explotar.

La brisa sacudía la vegetación de forma rítmica, acompasada, con una cadencia fácil de combinar con su pisada. Una pauta principal y su contrapunto. El movimiento del bosque entero y el suyo. Berta corría siguiendo el ritmo del mundo.

Llevaba poco más de veinte minutos de carrera cuando le sucedió algo inédito en sus más de cuarenta años de vida. Por primera vez, en aquel lugar y a aquellas horas, se cruzó con otro corredor. Surgió de repente tras un recodo y casi chocan de frente. Tan absorta estaba imaginando esa especie de sincronización atlética con el planeta que no lo oyó llegar. Le pareció fuera de contexto, un corredor que no era ella en aquel lugar. Los dos interrumpieron la carrera.

—Ey, qué sorpresa. —Habló primero él, que en ese momento estaba más anclado en la realidad. Parecía sorprendido de verdad.

—Lo mismo digo. —En este punto Berta reconoció al periodista que se hospedaba en el pueblo. No recordaba su nombre.

—Es una senda fantástica para correr. —El hombre miró el entorno—. Increíble.

—Sí, nada que ver con un parque de ciudad.

—Aquí te duele tener que parar.

—Vaya, lo siento. —Berta se sintió mal por haber detenido la carrera. ¿O había sido él quien se había parado y la había detenido a ella? No estaba segura—. Me hubiese apartado, pero no te he oído llegar.

—No, no. No me refiero a tener que pararme ahora, no. —Estuvo a punto de cogerla de los brazos para que no se fuera—. Quiero decir al terminar, al acabar. Al final de la carrera. Duele tener que dejar el camino. ¿Me explico?

—Sí, perfectamente.

—Me alegra haberme encontrado contigo. No volviste al bar.

—No. ¿Qué tal allí? ¿Se duerme bien?

—La habitación es sencilla pero silenciosa, y la cama es

buena. No se oye absolutamente nada a partir de las diez y media. Me costó conciliar el sueño, de hecho. Echaba de menos oír algo, algún tipo de rumor. Un poco de tráfico, una sirena de vez en cuando, el ruido del camión de la basura cuando vuelca el contenedor. Lo normal para los que viven en la ciudad, ¿verdad?

—No para mí. —A Berta le encantaba contrariar porque sí, pero en este caso tenía una razón—. Yo nací aquí. Tuve que adaptarme a toda esa actividad nocturna cuando me fui. No hubo manera de dormir una noche entera durante meses. Años. —Berta se miró las zapatillas un instante—. Ni siquiera soy capaz ahora. De hecho, si hay algo que no he podido tolerar jamás desde que me marché es una habitación exterior. Es demasiado para mí. Estoy condenada a cuartos sin vistas que den a un patio. La actividad nocturna suele ser escasa. Y si no, siempre hay un vecino al que culpar. Puedo con eso. Pero no con una ventana a la calle. No en una gran ciudad.

—¿Has probado a ponerte tapones? Van muy bien.

A Berta ese comentario le pareció una ordinariez y, de repente, quiso irse. Con urgencia. A veces le pasaban cosas así.

—Que tengas buena carrera. —Berta volvió a trotar.

—¿Hasta dónde vas? ¿Te puedo acompañar? —Él la siguió con la mirada, pero no se atrevió a arrancar y ponerse a su lado.

Berta agradeció la consideración.

—No, gracias. Prefiero correr sola. Para mí es hora de terapia.

—¿Has pensado en lo que te propuse? ¡Te vendría bien mi artículo!

—¡Le sigo dando vueltas! —Berta ya se alejaba.

—¿Nos veremos en el pueblo?

—¡Seguro! ¡No hay manera de no hacerlo!

Berta se alejó midiendo sus movimientos. Se sabía observada nada menos que desde atrás y en carrera. Tal vez no era la perspectiva que más la favorecía, pero hizo lo posible para que se la viese firme, ágil, atlética. Con el chándal viejo resultaba complicado dárselas de tía estupenda, pero lo que sí podía era irradiar fuerza. Y confianza. Lo cual, por otro lado, iba mucho más con ella. Le gustaba ese tipo. Por lo que fuese.

Masticaba el último bocado de tostada cuando entró Paulina como un demonio de Tasmania, dando vueltas por la cocina fuera de sí de inquietud, de ansiedad y casi parecía que de gozo.

—¡Madre mía, madre mía! ¿Dónde está la señora?

—No lo sé, Paulina. Hace un rato que ha salido al jardín.

Paulina se asomó a la terraza de atrás desde la puerta de la cocina.

—¡Pues no está aquí! —Se palmeó los costados de los muslos en un gesto de impaciencia—. Siempre está aquí, ¡menos ahora que tenía que estar!

—¿Qué te pasa?

—¿A mí? A mí, *na*. Pero el pueblo está encendido. ¡Encendido!

—¿Qué ha ocurrido?

Paulina se asomó de nuevo a la terraza.

—¡Señora! ¡¡Señora!!

—Me estás asustando, Paulina.

—No, por Dios. No se preocupe, que esto no tiene *na* que ver con ustedes. No va con la casa. Pero es gordo, gordo. —Volvió a asomarse—. ¡Señora! ¡¡Señoraaa!!

Se oyó la voz de Rosa desde algún punto más allá de la terraza.

—Yo creo que me ha oído. —Miró a Berta con expresión interrogante.

—Ya te digo.

—Ya viene, me parece. Siempre está aquí atrás y, justo ahora, va y no está. Es que es tremendo, tremendo. —Y así estuvo mientras vaciaba la bolsa de la compra que había traído del pueblo, hasta que entró Rosa.

—A ver con los gritos. Como sea otro de tus chismes, me vas a oír tú a mí.

—¡Bueno, no sabe cómo está el valle! —Al mirar a Rosa se interrumpió—. Anda, ¿y eso?

—¿Esto? —Rosa sostenía el jarrón sucio que Berta había visto en el estudio, bajo la ventana cubierta con cartón, con los restos de la flor negra dentro y la corola seca balanceándose como la cabeza de un muerto. Especialmente repugnantes eran esa especie de tendones que le brotaban y que, deshidratados, casi rozaban el suelo—. Como tú te empeñas en no entrar allí, alguien tendrá que poner orden, ¿no? —Rosa lo puso todo dentro de una bolsa de basura. Flor y florero. Miró a su hija—. No te puedes imaginar cómo lo dejaron los guardias en el registro. Peor que si hubieran entrado a robar.

—Voy a hacer un poco de café. —Paulina dio la espalda a Rosa y se acercó a la cafetera.

—Lo ha hecho Berta para el desayuno. ¿Me vas a contar qué pasa?

—Que el Agustín se ha ido. —Paulina había bajado la tensión de su discurso. Berta se dio cuenta.

—Se ha ido ¿adónde?

—No lo sabemos. Ha desaparecido.

—¿Desaparecido? ¿Y quiénes sois, a todo esto?

—¿Quiénes somos? ¿Quiénes somos quiénes?

—Vosotros. Estás hablando en plural. «No lo sabemos», has dicho. Yo te pregunto que quiénes sois los que no lo sabéis.

—Pues *tos*. Los del pueblo. ¿Quiénes vamos a ser?

—Nada, eso.

—Ay, señora, de verdad que cuando se pone así no la entiendo.

—Da igual, Paulina. A ver, ¿y cómo sabe el pueblo que ha desaparecido el farmacéutico?

—Porque no está. La Josefa ha llamado a la Guardia Civil porque dice que esta pasada noche ha sido ya la segunda que no dormía en la casa.

—¿Y no avisó de que se iba a algún lugar?

—No. Se ve que se marchó antes de ayer, cuando la Josefa ya había dejado la casa, y aún no ha vuelto. Y eso es muy raro. Y no contesta al teléfono. Ni una nota ni *na*. Y falta ropa en la casa.

—Pues sí que es raro. ¿Y los tratamientos?

—*Na. To* abandonado.

—Pero eso es gravísimo.

—No se crea que tanto. Están todos fichados, entre los que van allí a reclamar y la Josefa, que sabe a qué casas atendía, pues nos vamos apañando.

—¿Esa mujer dispensa medicamentos? —Berta se puso otro café.

—A ver, que lleva años en la casa y se sabe las cajitas. —Paulina lo comentó como si estuviese todo muy claro—. Total, que ahora está *to* el mundo con lo del Agustín y el Sebastián. Que si claro, que si fíjate, que si esos dos andaban juntos cada dos por tres y que si algo va a tener que ver.

—No tiene por qué —atajó Rosa.

Paulina levantó las dos cejas.

—Bueno, no tendrá por qué si no quiere usted, pero no me dirá que no huele a cosa de maricas.

—Sois muy burros, Paulina. Tú y todos los de este pueblo.

Rosa salió a la terraza a leer el periódico. Berta la siguió y dejaron sola a la otra en la cocina. Ninguna de las dos tenía ganas de seguir escuchándola.

—Mamá, ¿Sebastián era gay?

—Pues la verdad es que no lo sé. Yo pensaba que no.

—¿Vosotros no tuvisteis nada?

—¿Otra vez, hija? Al final me voy a enfadar.

—No me refiero a algo sexual.

—¿Qué más hay? —Rosa soltó una carcajada.

—Un enamoramiento. Algo platónico, una ensoñación, no sé. Esas cosas pasan.

—Te pasarán a ti, a mí ya no. Me pasaron, no te creas. Me pasaron muchas y muy buenas.

Rosa sonreía cuando volvió la vista al periódico.

—Nunca me has contado ninguna.

—¿No?

—No, nunca.

—No se habrá dado el caso.

—Venga, cuéntame algo.

—¿Ahora?

—Ahora, sí. Ahora es un momento estupendo.

—Nos puede oír ésta. —Rosa señaló la cocina con un golpe de cabeza—. Ya habrá otro rato mejor. —Volvió a mirar las hojas del diario.

—Joder, mamá, de verdad. —Berta se levantó con aire de fastidio.

—De verdad, ¿qué? ¿Qué te pasa?

—Que contigo no se puede. Que no se puede tener una conversación mínimamente cercana. No digo ya íntima. —Berta hizo un gesto de exageración con la mano—. Que no hay manera de que podamos conocernos tú y yo. Que toda la vida has sido... —buscaba las palabras— un muro de contención. —Berta se iba calentando—. Que no has dejado salir nada tuyo ni has dejado que entrase lo mío. —Subió un poco la voz—. Que así pasa, que cuando te llamo o cuando nos vemos nos toca hablar de las noticias o de cómo está el tiempo.

—Hija, cariño, disculpa que te lo diga, pero es que eres idiota. —Rosa hablaba tan bajo que casi susurraba—. No tengo ningún problema en contarte mis cosas. Lo que no quiero es alimentar las leyendas de este pueblo. Ni que esa mujer que está ahora en mi cocina las oiga. Durante años, desde que dejaste de ser niña, viviste aquí conmigo y jamás tuviste la menor curiosidad por saber nada de mi vida, así que no me vengas ahora con prisas.

—Te he preguntado muchas veces. —Berta también había bajado la voz.

—Mentira. Preferías buscar mis entrevistas. Y lo poco que hayas podido preguntar ha girado siempre alrededor de ti y de lo tuyo. De tu padre, sobre todo. Pero no me importa. Bastante tenías con ir creciendo, buscándote y todas esas cosas que te hacían estar siempre a disgusto. —Rosa seguía hablando en susurros—. Yo estaré encantada de contarte historias de mi vida si ahora que eres adulta te apetece saber de lo mío. Te vas a hartar. Pero en este momento, justo en este momento en el que Paulina está a cuatro metros, no me viene bien exponer mis intimidades, ni mis logros ni mis miserias. ¿Entiendes lo que te quiero decir?

—Pero ¿es que le tienes miedo?

—No, hija. No es eso. Es que todo lo cuenta, y de aquí a mañana lo sabe hasta el cura.

—¿Y cuándo te ha importado a ti que hablen en el pueblo?

—A mí que hablen me ha molestado siempre, no te engañes. Sobre todo cuando no acierto a entender cómo averiguan mis cosas.

—Siempre pensé que estabas por encima de las habladurías.

—Qué dices, por encima de eso no está nadie. Y que la tomen contigo es una de las peores cosas que pueden pasarte. Eso quien vive en un pueblo lo sabe.

Berta se retiró a su habitación aquella tarde. Abrió al azar el ejemplar de *Rayuela* de la biblioteca y leyó al ritmo que marcaba el texto.

Disfrutó de la cadencia de las enormes frases y de la sonoridad del español de allá. La releyó. Creyó entenderla y cambió de página, esta vez buscando un fragmento determinado, a conciencia. Capítulo siete, el capítulo que casi todos habían leído de un libro que no había leído casi nadie. Tomó aire y se tiró de cabeza.

Y le pareció una moñada. Siempre le había parecido una moñada. No había manera de que conectase con ese fragmento por mucho que lo intentara. Estaba convencida de que lo mejor de *Rayuela* era escucharla. Asomaba aquí y allá la pasión por el jazz de Julio Cortázar, y en eso Berta sí le acompañaba. Cerró el libro, cogió el móvil y comprobó que seguía sin cobertura. Adiós a la tentación de mirar, a la mierda Twitter. La pulsión por consultar las redes sociales estaba ya tipificada como una adicción más. Un gesto automático que se saltaba cualquier decisión racional. Un mal vicio que te atrapaba contra tu voluntad. Afortunadamente, la conexión era pésima. Se colocó los auriculares y buscó el «Save It, Pretty Mama», de Lionel Hampton, y cerró los ojos, tumbada en la cama. Un par de piezas después, le entraron ganas de tomarse un coñac y respirar un poco de ambiente de bar. No se negó que la posibilidad de encontrarse con Carlos tampoco le pareció mal plan. En ese lugar, cualquier mínimo estímulo debía ser exprimido hasta el final. No había manera de saber lo que duraría ni cuándo volvería a encontrar una novedad.

El pueblo estaba animado esa tarde, al menos en aquel rincón. Había cuatro o cinco grupos de mayores diseminados, aquí y allá, dentro del perímetro de la plaza. Esa vez Berta había cogido el coche y, por una vez, no pudo aparcar. No cabía. El poco espacio reservado para los vehículos estaba ocupado por un Citroën Xara, un Ford Fiesta, una mula mecánica, el Mitsubishi del cura y dos motocicletas. La última, colocada de través, en línea, impedía que ella pudiese aparcar. Hubo un tiempo en el que sabía de quién era cada vehículo, ya no, y se alegró de constatar los efectos de la distancia. Sólo le era familiar el del párroco. Tal vez una de las motos, que parecía la que utilizaba el regador para andar por los campos. Berta atravesó el centro y aparcó cincuenta metros más adelante, bajo el muro lateral de la iglesia, donde ya no había un alma y ni un solo coche.

Los portones del templo estaban abiertos y del interior salían en ese instante doña Felisa y doña Angustias. La primera en verla fue la cronista. Berta saludó con la mano. La otra respondió al tiempo que avisaba a su vecina. La madre de Raúl miró a Berta e inclinó ligeramente la cabeza. No mucho.

No se prodigaba en cariños. Lo estricto de su comportamiento en general y su posición relevante como esposa del juez de paz otorgaban a doña Angustias cierto liderazgo moral. Porque en el pueblo, como en la ciudad, algunas mujeres aún se arrogan las características de sus maridos y en la misma línea les responden los demás. Berta respondió. Sonrió, inclinó levemente la cabeza y, además, volvió a saludar con la mano. Llegó a la puerta del bar lamentando haber caído, una vez más, en el saludo excesivo de quien cree que hay algo que compensar.

El bar-restaurante-discoteca estaba a reventar, lo que se traducía en que aparte de ella por lo menos había quince personas. Ninguna era el periodista. Berta sintió una punzada de decepción.

—Así me gusta, que te dejes ver. ¿Qué tal en casa? —Casemiro avanzaba desde el fondo de la sala con las tazas vacías de una mesa que seguía ocupada. Todo el bar hizo una pausa para mirarla—. ¿Sigue todo bien?

—Bien, sí. Todo tranquilo.

Las conversaciones se retomaron con cierta variación en la musicalidad. Eran menos compactas, habían perdido regularidad. Se estaba introduciendo en ellas la novedad, su presencia, y modificó ritmos, alternancias y, sobre todo, volúmenes.

—Cógete un taburete y vente aquí conmigo. —Casemiro estaba ya en la barra—. ¿Qué te pongo?

Poco a poco el rumor general iba volviendo a una aparente normalidad.

—Lo mismo. Un coñac. —Percibió una nueva alteración, un breve pico, agudo esta vez, por la sorpresa que provocó la consumición.

Berta se instaló en un punto intermedio entre el centro y un rincón. No le apetecía ninguna de las dos posiciones. Se sentó ladeada, con el brazo izquierdo apoyado en la barra para poder ver la entrada y que nadie pensase que quería esconder la cara. Casemiro le sirvió el coñac.

—Coño, el horno —dijo.

Y desapareció en la cocina. Tardó en volver. Berta buscó proyectar una actitud relajada y afable, confiada, evitando la altanería aunque sin caer en el otro extremo y que pareciese necesitar conversación. Como la cosa se alargaba, echó de menos un libro y sintió el impulso de sacar el móvil, hasta que recordó que con la cobertura tan mala que había se iba a notar que impostaba o bien explotaría de impaciencia antes de que se cargara alguna web. Además, no quería que creyeran que se escondía detrás de una pantalla. Se dio cuenta de que, desde que cruzó el marco de entrada, había actuado influida por lo que pudiesen opinar de ella los presentes; y por un instante se le ocurrió que a lo mejor exageraba. Que tal vez nadie estaba tan pendiente como ella pensaba. Un vistazo alrededor con toda la naturalidad que pudo desplegar bastó para constatar que, efectivamente, casi todos la miraban. No se molestó. Cuando vivía en el pueblo ella también miraba.

—Esta mañana ha venido la Guardia Civil. —Casemiro había vuelto.

—¿Por lo de Agustín?

—Por lo de Agustín, por lo de Sebastián… Esto parece *Twin Peaks*.

—Quién lo iba a decir.

—Me han preguntado si había visto algún movimiento fuera de horas entre los vecinos. Les he respondido que no, que yo los movimientos fuera de horas no los noto, que tengo mucho curro, y que preguntasen a los mayores, que ésos sí que tienen el oído fino.

—¿No se referían a nada en particular?

—No, pero después me han preguntado si se conocían Agustín y Sebastián. Si venían por aquí, si venían solos, si entraban y se marchaban juntos, lo que pudiese recordar.

—¿Y venían?

—Claro. Adónde iban a ir si no. Aquí se conocieron, les presenté yo.

—Vaya.

—Sebastián vino a preguntar por tu madre. Por lo que se sabía de ella, por lo que se decía, por su relación con el pueblo y la del pueblo con ella. Para su libro y eso. Parecía buen chaval, pero no le dije nada. Al día siguiente volvió a tomarse una cerveza sin más y a leer el periódico. Parecía un tipo tranquilo. Me contaron que estaba en tu casa, que le habían acogido. Así que, un día en que volvió y coincidió con Agustín, les presenté. Se cayeron bien. A veces venían y charlaban de esto y lo otro. De tu madre no, al menos que yo sepa. Agustín siempre ha sido discreto y poco contaría si es que Sebastián alguna vez preguntó, aunque ya te digo que eso no lo sé.

—¿De qué hablaban, entonces?

—Pues de sus cosas. De libros. Leían mucho los dos. Del trabajo de boticario o de vivir en el pueblo o la ciudad. Y de cine. De cosas. Pasaban aquí bastantes horas. Agustín estaba feliz, pobre.

—¿Pobre por qué? —A Berta le quedaba menos de la mitad del coñac.

—Mujer, ya sabes lo que es esto. Un tío como él en este pueblo no acaba de encajar. Bueno, no es que los demás hayamos nacido para esto, pero él en particular, menos.

—¿Por homosexual?

160

—Por homosexual, por tímido, por solo. Ha estado siempre muy solo. La mayoría le trataba bien si le tenía enfrente, pero hacían chistes a sus espaldas, ¿entiendes? Como «A ver con qué te pone la inyección», «Tú dile que en el culito no», «Apoya la espalda en la pared», cosas así. Ya te digo que nunca a la cara, no dejaba de ser del pueblo y hacía una buena labor. Algo de respeto le guardaban. La gente era correcta. Pero nunca cercana. Siempre hubo algo que fallaba. Los que podían haber sido sus amigos reían la gracia a los que bromeaban y nadie se atrevió nunca a tratarle con confianza. Por si se les confundía, ya sabes. Como si un marica no tuviese gusto, joder. Qué coño iba a querer hacer Agustín con ellos, con el asco que le daban. Gañanes de mierda.

—¿No es pronto para que hables en pasado? Parece que te hayas despedido. Si no te han dicho nada los guardias, podría haberse largado a vivir la vida a Lisboa, a Berlín o a Chueca. A saber. Lo que le apeteciera.

—Ojalá, cariño. Pero a él, como a todos, se le pidió que no se marchara sin avisar. Y con los años que lleva contenido el Agustín, no creo yo que justo ahora le haya dado por ponerse el mundo por montera a lo Rafael Conde, el Titi.

—Tremendo artista.

—Y su par de cojones. Con el «Libérate» de gira por los pueblos de entonces.

—Enorme.

—¿Te pongo otra?

—Por favor.

Se abrió la puerta del bar y todo el mundo se dio la vuelta, incluida Berta. Qué pronto recuperó las costumbres de entonces. No era nada consciente y no es algo que hubiese hecho en la ciudad, pero en el pueblo se miraba, siempre. Un gesto automatico para ver quién, de todos los posibles, entraba. Esta vez hubo sorpresa general. Era el forastero, el periodista, Carlos. Acudió inmediatamente a ocupar el taburete contiguo al de Berta.

—Vaya, qué suerte la mía. ¿Molesto?

—Es pronto para saberlo. ¿Ha habido suerte?

—Qué va. Aquí nadie suelta prenda.

—Eso será a ti, chaval —intervino Case—, porque si yo te contara...

—No dudo de que es a mí. No se fían. No sé qué creen que voy a hacer con lo que me digan.

—¿Contarlo en el diario?

—Bueno, sí. Es mi trabajo. Pero tampoco les estoy preguntando por la última vez que follaron.

—Éste es un pueblo muy pequeño, amigo. El equilibrio es delicado. —Case se acercó a ellos y se dejó caer en la barra—. No se trata de que no quieran contarlo, que aquí todo se cuenta. La cuestión es cómo evitar que se sepa quién se ha ido de la lengua. No se fían de ti. En la aldea los rumores vuelan, pero no hay manera de saber quién empezó y por dónde siguió la cadena. Sólo se sabe que se sabe, pero a todo el mundo se lo ha dicho antes alguien. Es muy raro dar con la fuente originaria, amigo. Así se evitan enemistades. Porque las enemistades en un lugar como éste, si se encarnan, se pudren sin remedio y nunca se sabe cómo acaban.

—Me has puesto los pelos de punta, Case. —Berta quiso cortar el drama.

—Lo que tú digas, encanto, pero bien lo sabes. —Se incorporó y miró a Carlos—. Yo sólo aviso para que el joven no se extrañe. ¿Te pongo algo?

—Una cerveza, por favor.

—Tercio o quinto.

—Tercio.

—Voy.

En cuanto Case se alejó, Carlos se dirigió a Berta en voz baja.

—¿El tipo es así de siniestro o es cosa del pueblo?

—¿Siniestro?

—A mí la gente me mira de reojo todo el rato.

—Ah, bueno, es por la novedad. No te preocupes.

—Menos aquélla. —Señaló con la cabeza al final de la barra.

Por la puerta de la cocina había asomado una chica rubia secándose las manos con un trapo y con cara de estar bastante harta.

—¿Aurora?

—Aurora, sí. Creo que le gusto.

—Es fácil. No eres de aquí.

—Vaya, gracias. Casi pensé que era por mí.

A Berta aquello le hizo gracia.

—Siento decírtelo, pero tu mayor encanto es ser de fuera. En este lugar no hay mucho donde escoger. Supongo que habrá tenido sus escarceos con lo que haya por el pueblo que valga la pena, pero no habrá concretado nada. Su abanico, más que limitado, está plegado. Para ella, tú eres una oportunidad. Una ilusión, aunque sólo sea temporal. No digo que quiera que te la lleves a la ciudad, pero al menos aportas algo de variedad.

—No la culpo. —Carlos miró alrededor—. Qué mala expectativa.

—Ya te digo.

—¿Y ésos? —Observaba una mesa en la que cuatro hombres jóvenes jugaban a las cartas—. No tienen mala pinta.

—No mires con tanto descaro, por favor.

—Pues ellos me miran como les da la gana.

—No es lo mismo.

—Ah, ¿no?

—No, ellos son de aquí.

—¿Y?

—Pues que es normal que te miren. Pero que les mires tú podría ser malinterpretado.

—No me gustaría que se enfadasen conmigo.

—Haces bien en ser prudente. En caso de conflicto, reaccionan juntos.

—La cuadrilla.

—La cuadrilla.

—Y ellos, ¿cómo lo llevan? No me creo yo que se pasen los sábados jugando a las cartas.

—Ellos lo tienen igual de mal que las chicas. Se limitan las opciones porque no sólo importa su opinión, sino la de sus amigos. Siguiendo el ejemplo de Aurora: si les cogieses por separado, descubrirías que le gusta a más de uno, seguro. Pero no pueden estar con ella. Si en su momento se la tachó de... pongamos... buscona, ésa es la fama que tiene y queda prácticamente invalidada como novia. Presión social. Qué dirían en el pueblo los amigos. A veces pasa que alguno se enamora y, si la cosa dura, la gente se acostumbra. Pero así, en principio, todos quieren buenas chicas sobre las que no haya nada que decir. Y de ésas hay pocas. Cuando caes en desgracia, difícilmente remontas.

—¿Y para divertirse una noche y conocer gente?

—Ah, eso. Excursiones organizadas a otros pueblos o a la capital de provincia.

—¿A ligar?

—A intentarlo. O de putas.

—Vaya.

—Pero alguno liga, no creas. Ocurre de vez en cuando.

—Pues sí que está bien la cosa.

Carlos le dio un buen trago a la cerveza con la satisfacción que proporciona estar seguro de haber llevado una vida más plena. Se sintió hasta envidiado.

—¡Hola! ¿Qué tal? —La alcaldesa se acercaba.

—Carmela, ¿cómo estás? —A Berta le fastidió la interrupción—. ¿Cómo va todo?

—Bien, bien. Todo bien. Ha sido un día de locos, pero todo arreglado. Porque te habrás enterado de lo de Agustín, ¿verdad?

Berta afirmó con la cabeza.

—¿Se sabe algo? —Era Carlos quien preguntaba, y a la alcaldesa le extrañó que tomase la palabra con tanta resolución, pero respondió.

—No. Ha desaparecido del mapa. —Volvió a mirar a Berta—. Si por eso he tenido yo el día que he tenido... No quieras saberlo. Pero ya está todo claro. La comunidad nos envía mañana al médico aunque sea sábado, porque está todo el mundo alborotado. Y no es para menos. Yo no sé cómo no ha ocurrido alguna desgracia. Doña Amelia ha estado confundiendo las cantidades de insulina el día entero y le ha dado un patatús en misa. Menos mal que estaba la sobrina por allí, porque la gente no hacía más que lamentarse y asomarse a mirar. Hasta don Blas. Que ya decía yo que ese hombre...

—¿Está bien?

—Mareada, pero bien. De ésta se salva. —Volvió a mirar a Carlos, sonriendo—. Yo soy Carmela, la alcaldesa. Tú eres el periodista de Madrid, ¿verdad?

—Ser, ser, soy de Alicante. Y tampoco trabajo en Madrid. Me envía *El Provincial*. Me llamo Carlos.

—Ah... Me habían dicho que eras de Madrid.

—Sí, se ve que alguien le ha dicho a todo el pueblo que soy de Madrid. A mí nadie me cuenta nada, pero yo llevo desmintiendo todo el día que soy de Madrid.

—Ay, hijo, olvídate. —Carmela se rio. Berta también.

—A ti los de aquí te parecerá que son pocos... —Berta había adoptado el tono de Carmela, que la miraba con complicidad—. Pero, depende de para qué, créeme, son multitud. No podrás hacerte con ellos. Te marcharás de aquí y serás recordado como el periodista de Madrid.

—¿Lo ves? —remató Carmela—. Ella lo sabe bien porque es de aquí. —Berta se removió en su silla—. ¡Case! ¡Case! ¡Cóbrame el vermut! Bueno, pareja, aquí os dejo. Si necesitáis algo, ya sabéis.

—Gracias —dijeron los dos a la vez mientras Carmela pagaba.

—Y una cosa, lo que contéis de por aquí que sea bueno. No nos vayáis a dejar como un pueblucho de medio pelo.

—No sufras, Carmela. —Ésa era Berta.

—En ti confío. —La alcaldesa se fue.

—¿Qué ha sido eso? ¿Una amenaza?

—Sólo emocional, pero podría considerarse así. —Berta sonreía.

—Vaya. Y yo que pensaba que lo mío era periodismo de proximidad.

—Que nunca tengas que escribir sobre tus vecinos. Jamás.

Al otro lado de la plaza, doña Felisa, La Cronista de la Villa, estaba sentada en su escritorio.

CRÓNICA DE UNA TRAGEDIA RURAL QUE CONTINÚA

De cómo en este pequeño valle está pasando lo que nunca

Adelantamos nuestra habitual crónica semanal por exigencias que la actualidad demanda. Investigándose aún el fallecimiento por disparo de escopeta del joven Sebastián Palencia, ocupante de un pequeño estudio dentro de la propiedad de la artista de varietés doña Rosa Lezcano, un nuevo misterio ha sacudido este nuestro querido valle de apenas dos mil almas. Se trata de la desaparición de don Agustín Fernández, boticario, y de familia originaria de Rayuela desde, que esta cronista haya podido averiguar, al menos tres generaciones atrás.

Hace más de dos días que de él nada se sabe. La voz de alarma la dio doña Josefa Betanzo, vecina del pueblo y guardesa de la casa en la que ha vivido siempre la familia del desaparecido, situada en pleno centro urbano. El quinto edificio de la plaza empezando por el primero después de la Iglesia, en el sentido contrario a las agujas del reloj. Ésa ha sido siempre su casa, hasta antes de ayer. Después de preguntar a los que habitan las propiedades colindantes, se deduce que nadie, al menos entre los más próximos, le oyó salir a ninguna hora fuera de lo acostumbrado. Don Agustín Fernández tenía sus tiempos más o menos fijos de entrada y salida para las curas y los cuidados de los enfermos de la zona diariamente a su cargo, y no se percibió en los días anteriores ningún cambio. Todos los afectados se encuentran consternados por lo extraño de la desaparición de don Agustín, que llevó a cabo sus menesteres y responsabilidades impecablemente durante años. «No puede haberse ido queriendo. Hubiera avisado», sostiene uno de los que le conocieron bien y durante años. Más allá de las consideraciones de sus conciudadanos, la cuestión es que se desconoce si estamos frente a una supuesta decisión de cambio de domicilio indefinido o temporal, escapada relámpago por algún motivo que sólo él sabrá, o bion una oonaccuencia de algún acto que se haya llevado a cabo, por él mismo o por terceros, contra su voluntad.

Constatando lo extraño del caso, esta cronista ha consultado a los guardias civiles que se acercaron al pueblo cuando la tragedia del disparo al anteriormente citado Sebastián Palencia. «No sabemos nada todavía», ha declarado el subteniente de la Guardia Civil Manuel Almazara.

En los catorce años que esta cronista lleva mandando el relato de lo acontecido en esta pequeña aldea dejada caer en un valle olvidado, nunca, nunca, había vivido una situación de incertidumbre como la que se mantiene instalada entre los rayuelanos desde el disparo mortal en la casa de la artista, que, por cierto, no ha consentido en ser vista.

Eso sí, su presencia en la villa tampoco se ha echado en falta gracias a la estancia, debido a la tragedia originaria, de su hija. No es la única novedad en Rayuela. En el pueblo se hospeda también un periodista de Madrid. Carlos Montera, se denomina, que escribe para el diario *El Provincial* sobre lo ocurrido aquí.

Hasta la semana que viene (a no ser que alguna novedad obligue a visita más pronta) se despide, desde Rayuela,

La Cronista de la Villa

Éste era el primer borrador. La señora Felisa dudaba sobre la conveniencia de añadir alguna referencia a la homosexualidad del boticario. No se decidía por pudor y porque podía enturbiar la fuerza de la primicia de la desaparición, sobre la que, que ella supiera, ni el chico de *El Provincial* había escrito. Al pensar en esto le entró prisa. Siempre había tenido afán de auténtica periodista. Una periodista de raza era quien levantaba la noticia. Aunque, por otro lado, le parecía un detalle fundamental para la cuestión. No era lo mismo que desapareciera uno que era marica que otro que no lo era, opinaba la cronista. Lo que sí decidió doña Felisa de inmediato fue añadir a esa primera versión que Sebastián y Agustín se conocían, que casi se le olvidaba. Pero había que hacerlo con mucho tacto. Ella era una profesional. Le dio un par de vueltas y al final añadió:

El misterio es todavía más profundo si se tiene en cuenta que ambos hombres, el fallecido y el desaparecido, habían trabado una relación que se podría tildar de íntima, al menos en la amistad, después de coincidir algunas veces en el bar.

Finalmente, se decidió y apuró aún más:

Es sabido de la especial simpatía del desaparecido hacia los hombres de sexo masculino. Un dato con el que esta cronista, no se la vaya a malinterpretar, precisamente no quiere interpretar nada más. Pero así acontece.

Total, su madre ya no lo va a leer, pensó la mujer. Corrigió lo de «hombres de sexo masculino» por «personas de sexo masculino» y se preparó un té. Revisó el texto, se convenció de que esa última información no era cuestionable en absoluto y lo envió. Bendito internet rural. En menos de dos horas estaría colgado en la sección Local de *El Provincial*. Para qué querrían los del diario enviar a nadie si ya estaba ella, pensó Felisa, satisfecha.

En la casa, doña Rosa fue a recoger la bolsa de la basura para llevarla al contenedor y se sorprendió, aunque no se llegó a extrañar, de que el florero y la flor seca que había sacado del estudio de Sebastián no estuvieran. La verdad es que el tipo tenía encanto. Era dulce, atento, listo y hasta guapo. Incluso ella le pilló el gusto a tenerlo por allí aquellos días. Le echaba de menos, se había acostumbrado a su presencia. Le había llegado a gustar un poco. Pero Paulina se había deslumbrado. Rosa lo tenía claro. Era habitual entre las personas del pueblo que los nuevos acabasen haciendo mella en algún ánimo. Un arrebato que afectaba de vez en cuando a cualquier vecino sin importar el género o la edad. Lo de Paulina era algo de esperar, y Rosa lo intuyó en cuanto la vio aceptarle con tanta naturalidad, con alegría mal disimulada, haciendo como que sólo quería ayudar. Paulina aún leía novelas románticas. Se las creía, bendita inocencia pueblerina. Si es que no había salido de Rayuela en la vida. Y ni siquiera era lo bastante mayor para dejarlo pasar sin más. Pobre. Día tras día en esa vida, la misma, sin cambio de dirección a la vista.

Oyó un motor y supuso que sería Raúl. Ella le pagaba una cantidad fija y él iba cuando quería. Trabajo por objetivos, decía, y señalaba el jardín, espléndido. Se reía. No había motivo para exigirle ningún tipo de regularidad. Tampoco podía decirse que para Rosa fuese una molestia verle poco. No había vuelto a aquel lugar para tener siempre la casa llena de gente. Con Paulina le sobraba, aunque Raúl no molestaba. Nunca entraba en la casa, nunca se asomaba, nunca pedía y ni siquiera llamaba. Aparcaba su furgoneta, hacía lo suyo y se marchaba. Hola y adiós, y porque Rosa o Paulina se asomaban. Él nunca interrumpía nada. Oyó que sus pasos se alejaban por la grava. El caso es que si a ella le hubiese ocurrido algo, él no se hubiese enterado a pesar de estar tan cerca. No imaginó que eso la entristecería, pero lo hizo. Sin duda, se estaba haciendo vieja. Y absurda. Porque tampoco se podía decir que Rosa hubiese propiciado una relación más cercana. Al contrario. Y estaba bien que así fuera. La mujer no se entendió a sí misma. Entristecerse porque el jardinero no se acercaba. Qué raro, pensó Rosa, si a ella le daba lo mismo.

A Berta se le hizo tardísimo para volver a casa. Tenía el coche a la vuelta de la esquina y el trayecto no era de más de diez minutos, pero no había avisado a su madre del retraso y eso la inquietaba. Tuviese la edad que tuviese. Como el dejarla sola por la noche, con lo poco que se veían, a pesar de que nunca quisieron verse demasiado cuando vivían juntas. Así eran las cosas. Un sí es un no constante y jodiente.

La cuestión es que no se quedó con Carlos a pasar la noche. Ni siquiera el rato. No subió a la habitación porque se sabía observada y no le cabía duda de que la noticia de su ratito de sexo hubiese llegado a su madre antes de que ella misma se hubiese levantado de la cama. Allí las novedades corrían más rápido que el agua, y eso que no funcionaba bien el WhatsApp. Se hacía a la antigua usanza, sin ayuda de la tecnología, dándole a la lengua y, en caso de urgencia, hasta forzando visitas.

—Oye, ¿tienes un poco de...?

—Pues no sé si me queda, pero ¿has probado con un poco de...?

—Probaré a ver. Por cierto, ¿te has enterado de...?

Berta caminaba hacia el coche con rabia por la prisa y por el polvo perdido. Más que perdido, dejado pasar. Maldito sea el miedo al qué dirán, pensaba Berta, que parecía mentira, tantos años después y aún con ésas. Si es que tenía razón su madre. Era el peso de la opinión pública elevado al máximo, llamando a la misma puerta. Una opresiva sensación de juicio sumario con consecuencias inmateriales, inconcretas, aunque inevitables y conocidas. No se podía ignorar el parecer de un pueblo entero. No se podía. ¿O sí? Tal vez sí, pero a conciencia y asumiendo las consecuencias como un reto. Ella no estaba hecha para eso. Al menos no en ese momento, o no todavía.

A punto de llegar a su coche, oyó una tos al otro lado de la plaza. Se repitió. Una tos débil pero insistente. Se giró automáticamente. No estaba cerca y, con su ligera miopía le fue imposible reconocerla. Era una figura pequeña; una figura pequeña y rubia. Por el andar parecía una mujer menuda que no le trajo a la mente ningún recuerdo, ninguna cara, ningún apellido. Aunque eso tampoco significaba mucho. Ni veía bien de lejos ni conocía a todo el pueblo, aunque sí a la mayoría. Y a los nuevos se les publicita. Sin embargo, no caía. La personita andaba rápido, con la cabeza algo inclinada le pareció a Berta, mirándose los pies. Dio la vuelta en la esquina de la iglesia y desapareció. Antes de que Berta hubiese abandonado la plaza, oyó el golpe de cierre de la portezuela de un coche, un motor que arrancaba y el sonido del vehículo que se alejaba.

Berta se acordó de eso cuando, al día siguiente, desayunaba en la cocina junto a Paulina.

—¿Ha llegado alguien nuevo al pueblo?

—No creo, no he oído *na*. ¿Por?

—Porque ayer me crucé con una chica a la que no recuerdo haber visto antes. Rubia, delgada... Más que delgada, pequeñita.

—Pues no, que yo sepa no. ¿Dónde?

—Cruzaba la plaza a eso de las once de la noche.

—Ah, bueno. Puede ser la pirujilla esa que anda por el pueblo.

—¿Una prostituta?

—Esa palabra es muy fuerte, pobre.

—¿Te lo parece? Pero me hablas de eso, ¿no?

—Bueno, a ver. Yo tampoco la llamaría algo tan... así. Es una muchacha de estas que aparecen de vez en cuando. Una pirujilla. —Paulina sonreía y miraba a Berta como si hubiese que explicarle lo más esencial de la existencia humana—. Su servicio hace, la chiquilla.

—¿De qué me estás hablando, Paulina? —A Berta le irritó terriblemente la obviedad del reparo hipócrita—. ¿Qué mierda es eso de una pirujilla?

—Berta, por favor. —Rosa entraba en la cocina y quiso cortar el tono violento de su hija.

—Pues como tú quieras llamarlo. —Paulina aprovechó la interrupción para hacerse la indignada—. Una prostituta. Pero tampoco veo yo la necesidad de insultar a la chiquilla, que a veces no es culpa suya del *to*.

—No sé cómo puedes, mamá. —Berta miró a su madre.

—Venga, va. —Rosa, que apreciaba no ser ella esta vez la exasperada, no tenía ganas de pelea—. No exageremos. Tampoco es que haya sido la primera.

—Uy, qué va. —Paulina volvió a la carga—. A ver si te piensas que aquí no nos llegan. Buenas piernas tienen.

—¿Tú sabías que hay una prostituta en el pueblo? —Berta se dirigía entonces a su madre.

—Por lo que cuenta Paulina —respondió Rosa mientras pasaba las páginas del periódico.

—¿Y dónde vive? —siguió Berta.

—En cualquier caseta del campo, seguro —respondió Paulina.

—Seguro, pero ¿en cuál? Aquí todo es de alguien —insistió Berta—. Si vive aquí, estará en la propiedad de alguien.

—Estará, no digo yo que no. Pero mejor eso que con las del pueblo, que después pasa lo que pasa. Mira la Aurora.

—Deja a Aurora en paz. —Rosa le quitó a Berta el momento de enfrentarse a Paulina—. ¿Qué sabrás tú de esa chica?

Mientras Rosa y Paulina se enzarzaban en una nueva discusión sobre la veracidad de según qué historias, Berta valoraba la distancia sideral entre la una y la otra. Lo imposible del entendimiento. La visión del mundo que mantenía Paulina era, más que limitada, ciertamente ruin. Berta en ese momento la vio así. No es que Paulina fuese de pueblo, es que era mezquina. Mala. Falsa. Y, esta vez sí, Berta se sintió superior sin pagarlo con culpa. Apartó la mirada de aquella mujer para no alimentar una sensación de asco sorpresiva y sorprendente que la invadió a traición y a boca llena. Y, por qué no reconocerlo, para evitar mandarla a la mierda.

—¿Y dónde dice que la ha encontrado?

—En el cruce de canales de la partida de El Segador. Donde acaba la acequia mayor.

—Nosotros no conocemos el terreno, caballero, ¿nos puede decir dónde está eso?

—Queda justo en la margen izquierda del solar de Pepe, el Rubio. El primero al salir a la carretera de la ciudad por el camino de La Solana. No tiene pérdida.

El subteniente Manuel Almazara y el sargento Federico Ramos se miraron. El mayor tomó de nuevo la palabra.

—¿Podría señalarnos el punto en un plano?

—Claro.

Pedro les dio la espalda para acercarse a un viejo archivador de metal. Abrió el primer cajón, que chilló como lo haría una rata ensartada, y lo cerró con el mismo espeluznante chirrido. Los guardias se quedaron congelados. Al más joven un escalofrío le recorrió la espalda. Allí dentro hacía frío.

El regador les había recibido en sus oficinas, en el bajo de una construcción estrecha y alta, estirada, de poco más de cuatro metros de fachada. Una cosa extraña. Quedaba justo enfrente de la iglesia, extendiéndose entre ellas toda la plaza. Las dos plantas superiores eran la casa de Pedro, escalables a partir de la salita que hacía de recibidor. No se entendía la disposición de esa casa horrible dentro de la plaza. Pero era una estampa representativa de la importancia de la figura del mandamás del riego allí en el valle. Porque todo el mundo sabía que, en las plazas de los pueblos, vivía sólo la gente importante.

—A ver si se lo sé explicar para que me entiendan.

Junto al comentario y la displicencia, Pedro extendió sobre la mesa un plano del valle. Para que cupiese el papel, apartó una escopeta con fango seco en las juntas y algo indescriptible enganchado al doble cañón. Fibras, hebras, hierbas. No se distinguía bien.

—Por Dios. —Almazara reaccionó como si le hubiese mordido algo—. No la manosee más.

Pedro le miró desconfiado.

—A ver si ahora voy a pagarlo yo. Si lo sé, la dejo donde me la encontré.

—Ya es tarde para eso. —Al sargento Ramos ese Pedro le caía mal.

—Si no tiene nada que ocultar, no se preocupe. —remató el subteniente—. Cuanto más averigüemos, mejor, ¿verdad? —Pedro no contestó. Almazara miró a su subordinado—. A ver ahora cómo nos llevamos esto sin llamar la atención. —Al regador le dijo, con tono de reproche—: Ya podía haber avisado de lo que era cuando llamó.

—Encima. —Pedro hacía rato que se había arrepentido de entregar a la Guardia Civil la escopeta que encontró sepultada en la pared de una acequia.

—Ramos, quítese la chaqueta. —Manuel Almazara estiró el brazo hacia el más joven.

—¿Y eso?

—Para envolver la escopeta.

—Hombre, jefe, ¿no hay otra manera?

—Yo doy muy mala facha en mangas de camisa. Venga.

—Es que mire cómo está eso. —Señaló el arma, algo mohosa en la culata, mientras se tocaba con delicadeza una solapa de la chaqueta—. No voy a poder recuperarla.

—¿Será posible que le pueda más la puta chaqueta que el arma de un posible crimen? —Su jefe le miraba con sorna.

—Que sea la del crimen está por ver —arriesgó el sargento.

—No me joda. —Pedro reaccionó como si le hubiesen quitado el mérito.

—Pero ¿no sería mejor que nos la lleváramos en una bolsa? —Ramos no se rendía.

—No cabe. —Almazara, al parecer, se divertía.

—Pues en dos bolsas. —Y se dirigió a Pedro—. ¿Nos podría dar usted dos bolsas de basura?

—No tengo.

—No me venga con hostias.

—*Mecagüendiós.* —Pedro mascullaba mientras caminaba hacia al interior de su chiscón.

—A éste ¿qué le hemos hecho? —preguntó el guardia joven al mayor.

—Ni caso. Problemas con la autoridad. Es muy común, nunca te lo tomes como algo personal.

—Tengo esto. —Pedro se acercó con dos bolsas medianas de color rosa.

—¿Sólo tiene esto? —Federico Ramos lanzó una mirada de enfado a Pedro, que se la devolvió con desprecio.

—Sólo. —El regador no añadió más.

—¿De dónde son? —El sargento Ramos miraba las bolsas con aprensión.

—¿Y qué más da? —El subteniente Almazara se divertía de verdad.

—Del ultramarinos. —Pedro dijo esto como el que reta a un duelo.

Federico Ramos no añadió nada más a la cuestión.

—A ver si conseguimos avanzar. —Almazara se acercó al plano—. Díganos, por favor, dónde encontró el arma.

—Aquí. —Y la uña sucia de Pedro se posó sobre lo que en el croquis parecía un cruce de caminos y era, en realidad, un cruce de acequias colindante con una construcción que distaba un kilómetro y medio, más o menos, del pueblo. Los investigadores ya lo sabían, pero el hombre remató—: Y esto —dijo moviendo la uña y su mugre— es la casa de la artista.

—Ya. —El subteniente se mostró decepcionado.

—¿Entonces? —Pedro esperaba mayor reacción por parte de los guardias.

—Entonces ¿qué? —A Manuel Almazara ese hombre tampoco le caía bien.

—Que estaba allí, al lado de la casa donde murió aquél.

—Natural.

—¿Natural?

—Sí, natural. La verdad es que esperábamos que la localización aportase más.

—¿Más de qué? —Pedro parecía ofendido—. Pero si es la escopeta, joder.

—Ya estamos. ¿Y usted qué sabe?

—¿Quién coño va a tirar una escopeta que aún está buena, hombre? —Dio una sacudida al arma y casi la tira.

—¡Que no la toque tanto, hostias! —Almazara se empezaba a cabrear de verdad—. Venga, va. A ver las bolsas.

—¿No hay recompensa o algo? —Pedro lo preguntó sin mirarles a la cara mientras les tendía los plásticos de color rosa.

Almazara y Ramos sí intercambiaron una mirada. Respondió el mayor.

—No hay mejor recompensa que colaborar con la autoridad competente. —Pedro le observó con maldad. El subteniente siguió—: Aunque, sinceramente, no creo que aporte mucha novedad. Si hubiese estado, no sé, en el otro extremo del término, pues podríamos haber supuesto un camino, una huida, algo. Pero estando al lado de donde el muerto... no sé. A ver qué dicen en el laboratorio. —Se inclinó para examinar más de cerca la escopeta—. Madre mía, qué sucia está. No sé yo qué se podrá sacar. Sargento Ramos, a las bolsas.

El más joven envolvió lo que pudo con las dos bolsas del ultramarinos.

Salieron a la plaza y, de camino al coche, se supieron ampliamente observados. El sargento llevaba el arma, larguísima, cogida de un extremo con una sola mano. Todos los que se cruzaron en su camino y parte de los que se encontraban a un tiro de piedra los miraban. Incluidos los municipales que fumaban en la puerta del retén. Uno se asomó al interior y, de la oficina, salieron otros dos.

—Pesa, subteniente.

—No me diga. —Almazara respondió con disgusto y Ramos se dio cuenta.

—Jefe. Pesa bastante.

—Ya imagino. Debe de estar rellenita de barro.

—Nos mira todo el mundo.

—Lógico. El paquete le ha quedado divino.

—¿Hubiese consentido que echase a perder la chaqueta?

—Levántala bien, que al final la vas a rozar, y tira para el coche.

—Anda que no iba a tener ése bolsas más grandes. Y hasta sacos terreros.

—Mira, ¿sabes qué? Que mejor. Que se vea.

—Que si se ve.

—Menudo gilipollas. ¿Pues no quería darse importancia el tipo? Hay que joderse con la gente.

—Uno cualquiera, este mismo.

—¿Está segura? Este otro cubre un área de hasta treinta metros desde la base y guarda hasta diez llamadas, de modo que puede usted devolverlas revisando el listado con estas flechitas sin necesidad de tener que marcar el número.

—No llamamos tanto en esta casa. Gracias.

—Como quiera, pero también está el diseño, y no es tanta la diferencia de precio.

—Si es que eso allí no se aprecia, de verdad.

—¿Está decidida, entonces?

—Lo estoy. Éste es perfecto.

Berta recogió el teléfono portátil más sencillo de la tienda, que, considerando lo prescindible de esos aparatos después de la invención de los móviles, equivalía a decir que había comprado una caja de plástico roja, casi hueca, con teclas grandes y negras. Eso sí, se vería con facilidad cuando se colase entre los cojines del sofá. Su móvil volvió a vibrar. En cuanto salió del valle y entró en el espacio radioeléctrico de la ciudad, el móvil se volvió loco. Había perdido la costumbre y tuvo que quitarle el sonido para evitar el sobresalto continuo. Mensajes, avisos de llamadas perdidas, globos rojos notificando números de correos, de tuits, más wasaps de los que podía asumir, Facebook, un exceso de contacto con el mundo exterior que le produjo rechazo, que le pareció superficial, innecesario. ¿Para qué tanto? Le sobraba todo y todos los reclamos. De repente en su mundo sólo le interesaban tres o cuatro. Su madre, Bruno si acaso, y le dio un poco de rabia reconocer que también Carlos. Además, constató que no había desaparecido el malestar por haber sido apartada de su trabajo. Esos días en casa pensó que lo había superado, pero no. Al revisar por encima los contenidos en su móvil e ir borrando, borrando, borrando, sentía una punzada cada vez que encontraba algo desde o sobre la radio. Incluido un mensaje de Daniel. Ése sí lo abrió y, una vez a pantalla completa, leyó: «Estaba pensando en lo bueno que sería que nos volviésemos a ver. Me encantaría». Releyó: «Estaba pensando en lo bueno que sería que nos volviésemos a ver. Me encantaría». Y se ofendió. Le jodió que actuase con esa aparente seguridad, y más después de que le pillasen con Andrés. ¿Es que nada le afectaba? ¿Qué era? ¿Cosa de la edad? Qué desfachatez. Se debatió entre contestar o no. Lo elegante sería no responder. La indiferencia. Un silencio que provoque malestar, incertidumbre al menos. Berta pensaba que eso era lo más adecuado, que expresaba lo que ella quería proyectar, ese frío y controlado dominio del saber estar. Llevó la pantalla a negro y se guardó el móvil. Y lo sacó de nuevo. Y siguió borrando mensajes de otros destinatarios. Y volvió a leerlo: «Estaba pensando en lo bueno que sería que nos volviésemos a ver. Me encantaría». Y sin pensarlo apenas, le dio a la opción de responder y se encontró con el infinito espacio en blanco y el cursor parpadeando. Y escribió: «Eres un enfermo». Pero le pareció simple. Borró y escribió: «Empiezas a dar miedo». Y le pareció que a él le gustaría leer aquello. Borró y escribió: «Que te den por el culo». Eso le pareció oportunista después de la pillada. Borró y finalmente se decidió por un: «Eres un enfermo y deberías empezar a tenerte miedo». Ya lo vio mejor. Volvió a leerlo: «Eres un enfermo y deberías empezar a tenerte miedo». Sí, era contenido pero contundente, inquietante e inteligente. Y elegante. Añadió: «Que te den». Y lo envió. Lamentó eso último. Con ello en la cabeza, se metió en la cafetería más cercana y llamó a Bruno.

—¡Hola, cariño! ¿Qué tal todo por la Tierra Media?

—¿Por la qué?

—Por la Tierra Media. Donde viven los hobbits.

—¿No viven en el bosque?

—No, hija. Los hobbits no. Viven en valles verdes amplios y maravillosos, como el tuyo.

—¿Bajo los árboles?

—Nooo. ¿Bajo los árboles? Ésos son los gnomos.

—Y los hobbits ¿qué son?

—No son gnomos, Berta, encanto. Son medianos.

—Y ésos no son los que viven en las setas.

—Pero ¿qué dices, insensata? ¿Es que no has visto *El Señor de los Anillos*?

—No. Esas cosas de críos no me ponen nada.

—¿Cosas de críos? Tú no sabes de lo que hablas.

—Claro que sí. Gnomos y trols que se pegan por un anillo mágico.

—Hobbits y orcos.

—Pues tú me dirás.

—Mira, vamos a dejarlo.

—Si a mí me da igual. ¿Cómo estás tú?

—Pero podrías poner un poco de interés. No es tan difícil.

—Venga, Bruno. ¿Podemos hablar un rato de la vida real?

—Sólo déjame que puntualice que no se pegan por un anillo mágico. Bueno, sí. Pero es una búsqueda, un camino, un proceso de transformación vital, Berta. Habla de la vida misma y para ello se crea todo un mundo. Es una enorme metáfora.

—¿A que no sabes qué me ha pasado?

—Pero ¿me has entendido?

—Perfectamente. Daniel me ha escrito.

—¿Ahora?

—No, qué va. Hace un par de días, pero lo he leído ahora. He venido a hacer unas compras a la ciudad y mi móvil ha vuelto a la vida. Y es raro, ¿sabes?

—¿El qué?

—Todo este ruido me resulta raro. Había perdido la costumbre.

—¿Has abierto tu Twitter?

—No.

—Mejor.

—¿Por?

—Por nada en particular.

—¿Siguen?

—Sí.

—Bueno, pues ya pasará. Algún día tendrán que parar.

—A ver... es que, siento tener que decírtelo, pero ya que has llamado...

—¿Qué ha pasado ahora?

—Son las tonterías de siempre, ¿vale? Pero es que hace dos noches se emitió la grabación de tu noche.

—¿De mi noche?

—Sí, de aquella noche. Ya me entiendes.

—¿La del tiro?

—Sí.

—¿Daniel emitió la conversación del tiro?

—Sí.

—Pero ¿por qué coño hizo eso? ¿Cómo cojones le permitieron hacer eso?

—Pues, chica, lo vendió como un homenaje.

—¡Un homenaje!

—Sí. Un homenaje a la víctima y a todas las víctimas de suicidio del país.

—¡Pero si no se suicidó! —Los ocupantes de las mesas cercanas se dieron la vuelta para mirarla.

—Ya, pero él no lo sabe.

—Tampoco sabe lo contrario, joder. —Berta bajó la voz—. No sabe nada de nada. Ni él ni nadie.

—No, pero tampoco les importa. Convenció a la dirección de que sería lo mejor para la imagen de la emisora, y que reventaría los audímetros.

—Hijo de puta. No me lo puedo creer. No puede ser. He recibido amenazas de muerte, Bruno, por aquello que pasó. Me han querido muerta, a mí, por esa conversación. ¡Me han echado! ¡Toda esa gente ha conseguido que me echen! No me puedo creer que se lo permitieran.

—Pues sí.

—¿Y qué?, ¿cómo fue?

—Lo petó.

—Ay, por favor, no lo digas así.

—Lo siento.

—¿Qué dicen?

186

—Lo exaltan como a una especie de salvador.

—¿De qué?

—De la dignidad humana en una muerte pública.

—Dios.

—Sí.

En ese mismo instante vio a través del ventanal de la cafetería una figura que le resultó conocida. Al principio no supo situarla, pero después de unos segundos repasando sus archivos mentales y tras desestimar que fuese el vendedor de teléfonos, alguno de los dos guardias del otro día o el carnicero del pueblo, cayó en la cuenta. Era el boticario. Berta no lo conocía demasiado, apenas había hablado un par de veces con él, pero en cuanto le ubicó en su mapa mental no tuvo ninguna duda. Era el farmacéutico, caminando con prisa, justo por delante del ventanal de la cafetería. Berta se quedó durante unos cinco segundos con la boca abierta. Recuperó la movilidad para despedirse rápidamente de Bruno, que se resistía a dejarla ir.

—Oye, ¿estás bien?

—Que sí, que sí, pero tengo que colgar. Ya te contaré.

—Si ya sabía yo que no tenía que decírtelo.

—Que no, que has hecho bien, pero es que te tengo que dejar y ya te explicaré por qué. —Berta se había levantado y buscaba unas monedas para dejarlas sobre la mesa con una sola mano, fastidiada por no poder soltar ya el jodido teléfono y recuperar las dos manos y la agilidad.

—Vale. Entonces ¿me puedo quedar tranquilo?

—Tranquilo del todo, en serio. Te dejo.

—De acuerdo. Pero no estás enfad...

Berta ya abría la puerta de la cafetería con la cadera mientras en una mano llevaba la caja del teléfono que había comprado y con la otra se ajustaba al hombro la correa del bolso, con tan mala pata que la dichosa correa se le enganchó en el pomo de la puerta. Fue curioso, porque entonces fue el bolso el que tiró de ella. Con la sacudida se le cayó el móvil, se separó la batería y se le rajó la pantalla. Venga ya, otro teléfono perdido. No lo pensó mucho por la prisa que tenía. Guardó el despiece del móvil en el maldito bolso y se lo puso en bandolera cruzándole el pecho de izquierda a derecha.

No había perdido de vista al farmacéutico, aunque por poco, y apretó el paso para situarse más cerca. Era increíble que con los aspavientos que había hecho al salir de la cafetería el hombre no se hubiese fijado en ella. Berta se mantuvo a unos cinco metros durante tres manzanas. Más o menos. Aquello no era Nueva York, así que no había suficientes viandantes para camuflarse. En absoluto. Entre Agustín y Berta había un enorme vacío a pesar de que se interponía una pareja cogida del brazo y una chica que caminaba muy despacio intentando desenredar unos auriculares. Insuficiente del todo. Pero mira, si se daba la vuelta y la veía, que la viese. Tampoco estaba muy segura de por qué hacía lo que hacía, ni de qué haría él si se enteraba de que le estaba siguiendo, ni siquiera de si él, en caso de verla, iba a reconocerla.

En eso último pensaba cuando Agustín se paró en seco frente a un escaparate repleto de material ortopédico. A Berta la pilló desprevenida y frenó en cuanto se dio cuenta. Lo lamentó enseguida. Tenía que haber pasado de largo y haberle esperado un poco más adelante, pero lo pensó tarde. Se paró él y se paró también ella. Así de simple. Cuando quiso corregir y seguir caminando, Agustín, que vio su reflejo en el cristal de la tienda de ortopedia, ya la estaba mirando. Mierda. Berta se sintió tan boba que le dio vergüenza. Agustín no sonreía. Tenía una cara afable, redonda, pero no sonreía. A Berta le pareció que, a pesar de su seriedad, tenía aspecto de hombre dulce. Agustín le parecía tierno a todo el mundo. Era la misma imagen del mítico gordo feliz. Y eso, a él, le jodía enormemente. Como si no hubiese gordos hijos de puta. Se iba a enterar ésa.

—¿Necesita algo? —Agustín atacó directamente.

—No, no. Gracias. —Berta no supo qué añadir.

—Me ha parecido que se paraba usted a mirarme.

—...

—¿Es que nos conocemos? —A Agustín se le empezó a escapar una sonrisilla cruel en vista de la poca iniciativa de Berta, que le situaba en clara superioridad.

—Sí, nos conocemos. Yo a ti te conozco, al menos. —Berta se relajó un poco—. Y tú a mí también, aunque parece que no te acuerdas. Soy Berta, la hija de Rosa Lezcano.

Agustín mudó de expresión. Se le fue la sonrisilla, la superioridad, y a cambio le vino un color de piel nuevo, rosáceo, de alta tensión.

—Ah, sí. Ahora que te miro, sí. Claro. Claro que me acuerdo. Ya me dijeron que habías vuelto al pueblo. ¿Qué tal la familia? ¿Cómo está tu madre?

No fallaba. Era un tic. En el valle se preguntaba por la familia lo primero.

—Bien, bien. Todo bien por la casa. Una vez pasado el susto de lo de Sebastián, todo ha ido volviendo a la normalidad.

—Ya. —Agustín no dijo más, pero lo dijo con mucha pena, apartando los ojos de Berta y dejándolos caer sobre los cacharros de ortopedia.

—¿Y qué? ¿Estás buscando material?

—Echo un ojo siempre que vengo por si hay algo para alguno de mis viejos. —Agustín dio un pasito hacia atrás y empezó a girar el cuerpo para darle la espalda a Berta. Quería irse ya—. Pero ahora no puedo comprar. Venga, nos vemos.

—Oye, perdona que te aborde, pero es que... —Era impensable que pudiese volver a seguirle, así que, perdido por perdido, Berta se lo jugó todo—. ¿Tú sabes que te buscan en el pueblo?

—¿A mí? —Agustín intentó hacerse el sorprendido, pero no le salió bien.

—No exactamente, perdona. Quiero decir que están preocupados. Que nadie sabe dónde estás. Temen que te haya pasado algo malo, como a Sebastián. No se...

—No se habla de otra cosa. —Agustín acabó la frase.

—No.

—Ya imagino. Pero los viejos están atendidos, ¿no?

—Viene un médico, sí.

—Pues, por lo demás, que revienten todos.

—Te entiendo perfectamente. —Berta quiso mostrarse empática a pesar de que no se esperaba algo así del dulce Agustín.

—Tú no vives allí, querida. Qué sabrás tú.

—No te creas. Allí pasé mi adolescencia y todos los veranos hasta casi los treinta.

—¿Eres gay? —Lo soltó como un desafío, como el que lleva la carta más alta, como un supéralo.

—Ojalá. Sólo algo rara.

—¿Cómo de rara?

—No sé. —Berta probó suerte—. Cuando llego al pueblo, me siento siempre como la buena de *Rebeca* en manos del ama de llaves.

—Exacto. —Berta casi pudo oír el clic de la conexión—. A merced de la lengua de cualquier bruja que sólo merece arder en el infierno.

—¡Eso es! —Ahora, con un poco de suerte... pensó Berta—. ¿Tenías prisa? Es raro encontrar a alguien que lo entienda. ¿Tomamos algo?

—Iba a un sitio, sí. —De nuevo apareció la desconfianza en la cara grande y redonda de Agustín—. Aunque prisa no tengo. —El hombre volvió a sonreír. Se mostró contento, pero Berta no supo si creerlo—. Venga, vamos a tomar algo.

Agustín la cogió del brazo y a ella no acabó de gustarle aquello. ¿Cuándo había perdido la iniciativa? Por un instante deseó no haberse metido en eso.

—Cuéntame, tú vivías en Madrid, ¿verdad?

—Sí, allí vivo.

Cruzaron la calle pegados. Agustín caminaba manteniendo una ligera rotación del eje vertical, dirigiendo su torso, su cuerpo, hacia Berta.

—¿Y qué haces aquí?

—Hombre, lo de mi madre. Lo del muerto en casa de mi madre.

—Ah, claro, claro. Pero vuelves, ¿no?

—Eso espero, la verdad.

Llegaron a la puerta de la cafetería, la misma de la que había salido Berta al trote.

—Y eres periodista.

—Sí.

—Yo creo que te he visto algún día. La ropa que te pones ¿es tuya o te la dan?

—No, yo estoy en la radio. A mí no se me ve.

—Ah, bueno, tranquila. También está muy bien. Ya llegará.

El dinero de la anterior consumición aún estaba sobre la mesa. Berta esperaba que la camarera no hiciese ningún comentario. No le gustaría nada que Agustín se enterase de que el encuentro no había sido casual.

En la casa, Rosa condujo a los chatarreros hasta el estudio. Había decidido no esperar a que arreglasen los cristales. Algo ocurría con el seguro. Que no era accidente, decían. Que había sido intencionado. Que ya fuese por suicidio o por asesinato, los cristales se habían roto por acción delibe-rada y eso, sintiéndolo mucho, decían, no lo cubría su seguro de hogar. Rosa les maldijo tres veces y se negó a claudicar. Os voy a denunciar a la organización de consumidores, les había amenazado, con poco resultado. Haga lo que crea con-veniente, le respondieron. Pues no hay más que hablar, se despidió ella. Así que llamó al señor Marcial, el que recogía lo que a los demás no les valía, y le dijo que a cambio de que se lo llevase todo enseguida le regalaba el contenido de la habitación. No tenía ningún interés en mantener las cosas tal y como estaban cuando Sebastián murió. Para qué. No quería nada de todo aquello, nada, y gracias que no derruía la construcción.

De camino vio a Raúl y a Paulina. Entonces cayó en que hacía horas que no sabía nada de ellos. Estaban discutiendo frente al vergel de flores exóticas. Un capricho de aquel hombre que Rosa le consentía, aunque estaba segura de que el mantenimiento de aquel trozo de selva en casa le salía carísimo. Raúl y Paulina parecían acalorados. Sobre todo ella, que intentaba cogerle el brazo. Aquello a Rosa le pareció muy raro. Él se apartó con brusquedad y desapareció entre las plantas. Las aves del paraíso que cubrían el suelo se sacudieron. Paulina le siguió. Rosa caminaba en su dirección, pero, al llegar a la escalera del estudio, se detuvo e invitó a los dos hombres que la seguían a que subiesen al apartamento.

—Está abierto —les dijo—. Yo les espero en la casa. Menos los libros, todo es suyo.

El mayor asintió con la cabeza y dirigió la mirada al vergel antes de separarse de ella, lo que era clara señal de que habían visto la discusión entre Raúl y Paulina. A saber qué idea se estaban formando. Si Paulina se enteraba de que la habían visto en una situación confusa, se moría.

Fueron apenas cinco, diez segundos lo que Rosa tardó en indicarles el camino, verles subir la escalera y volverse de nuevo hacia el jardín. Dudaba de la conveniencia de asomarse allí. No tenía idea de qué podría haber provocado la discusión entre aquellos dos y no tenía claro si el que trabajasen para ella en su casa justificaba una intromisión. Antes de que pudiese decidir, un enorme bicho negro con filamentos y una delgada y larguísima cola saltó desde el interior de la selva a la explanada de fuera. Cuando tocó el suelo no volvió a coger impulso. Sonó un golpe sordo, amortiguado, al aplastarse contra el cemento. Una especie de chop húmedo. Después de eso, sólo avanzó unos centímetros más, con mucha dificultad, arrastrándose. A Rosa le dio más asco que susto. La invadió una enorme aversión y, de inmediato, salió Paulina con el cuerpo encogido y los brazos estirados hacia la criatura. La mujer la vio. Se quedó mirando a Rosa con la cara crispada y los labios estirados buscando las orejas, los dientes apretados, y en un movimiento casi atlético transfiguró la inercia que llevaba en el movimiento contrario, dio dos pasos que la alejaron del bicho y se quedó mirando a Rosa cogiéndose el mandil con las dos manos. Rosa jamás imaginó que Paulina fuese capaz de un movimiento igual.

En aquel momento, mientras las dos mujeres seguían mirándose, de alguno de los árboles cercanos bajó disparado un enorme pájaro que cayó sobre aquella cosa tirada en el suelo con tal violencia que la desplazó medio metro sobre el cemento, sin perder la presa. No se había acabado la traslación de aquellos dos cuerpos hechos uno cuando el ave ya tenía la cabeza hundida en aquel ser exangüe. Pero se detuvo. Se quedó congelado un instante. Dio un pequeño salto hacia atrás, otro hacia delante, y volvió a atacar. Rosa y el pájaro parecieron darse cuenta al mismo tiempo de lo que estaba ocurriendo. La criatura desmayada en el suelo era una planta. Era una flor. Era esa cosa horrorosa que crecía entre las aves del paraíso y bajo los jades. Y al pájaro tampoco le gustó. Aleteó con fuerza y le dio aún tres picotazos más antes de apartarse. Tres picotazos rápidos, no de ingestión, sino de ataque. De rabia. Pareció desconcertado durante un instante. Y frustrado. Miró a su alrededor y, entonces, Paulina se movió.

Agustín iba por el tercer vermut.

—Me encanta la hora del aperitivo. ¡Aunque sean las diez de la mañana! —Soltó una risotada con un punto histérico.

Agustín sobreactuaba y a Berta le resultaba obvio el motivo. La falta de costumbre en la libertad de los gestos, de los actos. La contención obligada en el pueblo y ante el pueblo, el impedimento al desaforo. Agustín quería desaforar, aunque fuese de vez en cuando, como todos. Como quien había terminado una relación de muchos, muchos años y sentía una necesidad extrema de salir disparado, echarse a la calle y vivir en *Porky's*. O en *Los albóndigas en remojo*. O en *Resacón en Las Vegas*. Incluso en *Airbag*. En cualquier película en la que pasase algo y pudiera pasar de todo. El caso es que Berta sabía exactamente cómo se sentía Agustín. Libre. O casi.

—Y, entonces, ¿te vas?

—Sí. Ya no puedo más.

—¿Por qué has esperado tanto?

—Por mi madre, primero. Después porque pensé que se me había hecho tarde. No es fácil dejarlo todo, a mi edad.

—Se te ve contento.

—Mucho. —Agustín dejó ir la alegría impostada—. Es el alivio. Simplemente no podía más.

—¿Tiene algo que ver lo de Sebastián?

—¿Algo que ver?

Agustín se apoyó en la mesa. Levantó la cara y la miró con los ojos enrojecidos, acuosos, penosos. Berta no respondió. No añadió nada. No quería romper la línea argumental si es que existía, el escape emocional si es que había de llegar, no quería ofrecerle ninguna vía secundaria, ninguna ayuda para que volviese a guardarse lo que parecía a punto de salir. Se miraron fijamente y cuando el silencio ya era demasiado persistente, la tensión se esfumó. Milagrosamente. Agustín volvió a recostarse en la silla y contempló la calle a través del ventanal. Resopló. Abrió la boca para responder y, expectante, Berta se encontró con un:

—En fin. Qué más da.

A Berta le dieron ganas de soltarle una bofetada. Joder, si ya casi estaba.

—¿Y qué vas a hacer?

—No sé. Pondré la casa en venta, a ver si hay suerte. O en alquiler. Había pensado convertirla en casa rural, ya sabes que ahora se lleva mucho lo de los neorrurales y tal, aunque tendría que ir de vez en cuando y no me apetece, la verdad.

—Seguro que te va bien, hombre.

—No sé. El pueblo es demasiado pequeño para tener de todo, pero demasiado grande para los que buscan algo que repoblar. No sé si me explico. Y es feo. Sin ningún tipo de encanto. Y esa gente busca pueblos de cuento, de postal. Quieren una casita rural en una bonita aldea pitufa a media hora de la ciudad.

Los dos se rieron.

—Bueno, alguien habrá. Siempre hay gente para sitios.

—Gente para sitios.

—Sí, gente distinta para los diferentes sitios por llenar. Mira Sebastián. —Berta se lo jugó a una carta—. Quién iba a pensar que alguien así iba a acabar en ese lugar.

Paulina dio un paso atrás. Fue un gesto inevitable. Un reflejo provocado por la cercanía del animal. Un pájaro. Un pájaro grande, con las plumas pardas y grises y blancas, con un pico largo y, atrapada en él, una hebra colgando. Una hebra, un hilo, un tejido... algo. Y Paulina dio ese paso atrás. Es que no lo pudo evitar. Y el bicho, alterado, con el pecho agitado por la frustración de una lucha que no se produjo, que no podía llevarse a cabo, que no tenía cabida porque a lo que se enfrentaba era un vegetal, percibió el movimiento de la mujer y dio un salto lateral. Un saltito. Poca cosa. Un movimiento propio de un pajarito, con esas patas cortas bien juntas y sin aletear. Lo normal. Lo justo. Nada que reprochar si no fuese porque con ese salto se colocó mirando a Paulina, abrió las alas y se propulsó hacia ella sin solución de continuidad. Fue como un rebote. Un pájaro bala que frenó la inercia del lanzamiento al agarrarse con esas cortas patas a Paulina, a su pelo. Y picó. Picó varias veces con fuerza. Seguía picando mientras Paulina chillaba, manoteaba y giraba sobre sí misma. ¡Quítamelo! ¡Quítamelo!, gritaba. La mujer llegó a agarrar al animal, que clavó el pico en la carne, que se retiró un instante, que volvió a agarrarle porque el ave seguía picando, y Paulina tiraba mientras el pájaro horadaba y su mano chorreaba sangre. Rosa se movía ya hacia ellos apartando la idea del miedo, de la herida, del daño. Ojalá tuviese al menos unos guantes, pensó. Era una mujer fría e incluso en los momentos más desesperados se le imponía un punto de razón. La cabeza. Tenía que coger al bicho de la cabeza para evitar que la picase. No era un animal tan grande. Se movía espasmódicamente y era difícil evitar los ataques, pero había que ser firme y aguantar hasta conseguir arrancarlo de Paulina, que se defendía y, queriendo o sin querer, desvió la furia, el ansia y el hambre del animal de su cabeza a la mano izquierda. Carne más blanda. Cuando Rosa fijaba ya la vista intentando concentrarse en coger la pequeña bola que era la cabeza del pájaro, Raúl salió de entre las flores con su camisa entre las manos. Qué buena escena, si no fuese tan real, pensó Rosa. Se culpó de inmediato por la frivolidad y se preguntó si acaso ella era un monstruo, si toda aquella gente le daba tan igual. Raúl cubrió la cabeza de Paulina con su camisa y, luchando contra los incontrolables movimientos de ella, a quien la oscuridad y la trampa arrojaron del todo a la histeria, hizo un hatillo con la fiera. La envolvió. Consiguió que Paulina retirase las manos. ¡Suéltalo! ¡Suéltalo!, gritaba él, según pudo escuchar Rosa. Y Paulina respondía con voz aguda: ¡Me mata! ¡Me mata! ¡La cabeza, me mata! Finalmente la mujer confió y lo soltó. Retiró las manos y Raúl se acercó el bulto endemoniado al pecho. La cabeza de Paulina fue detrás y su espalda se dobló. La fiera no soltaba nada. El hombre palpó el bulto, que se agitaba con tal violencia que se habría escapado si el mismo bicho no hubiese estado agarrado con fuerza. Una locura. Raúl siguió palpando sin aparente prisa y, cuando encontró lo que buscaba, lo apretó más contra su pecho, con la cabeza de Paulina detrás, e hizo ademán de enroscar. Quería enroscar, pero la tela no le dejaba. La camisa ofrecía resistencia, no cedía, y aquella cosa seguía saltando y agitándose desesperada. Paulina, sin embargo, estaba visiblemente más tranquila. El monstruo la agarraba pero no picoteaba, no podía. En un momento dado le debieron de fallar las fuerzas y estuvo a punto de caer de rodillas. Por poco pierde Raúl la pieza. Se rehízo, cogió la tela y poco a poco le dio un poco de holgura. El pájaro notó que la presión disminuía y se revolvió más que nunca. Pensó que se liberaba. Raúl lo separó de su pecho y lo bajó al abdomen. Al pájaro, a Paulina y sus dos cabezas presas, la del bicho y la de ella. En esa nueva posición, Raúl volvió a buscar algo sobre la tela. Rosa entendió que él insistía en localizar la cabeza. Lo hizo despacio, aislándose de los gritos, de las sacudidas, de los espasmos. Y cuando consideró que estaba preparado, le dijo a Paulina que parase. ¡Para, Paulina, para! ¡Estate quieta! ¡Estate quieta, mujer!, gritó. Y Paulina paró a pesar de ella misma y, entonces sí, el movimiento de enroscar algo hizo su efecto. A Rosa le pareció oír un pequeño crec. Algo así. Algo parecido a un crec. Pero con todo el ruido ambiental bien se lo podía haber imaginado. La cuestión es que hubo o pareció haber un crec y el bicho paró. Paró un segundo y la tensión se desmoronó. Paulina empezó a decir algo sobre Dios y Raúl aflojó los músculos. Iba a destapar a la criatura cuando aún hubo una sacudida más que les hizo saltar. Ésa sí, la última. El último estertor del monstruo, el susto final.

—Madre mía. —Esto lo oyó Rosa a sus espaldas—. ¿No habrá más?

Los dos chatarreros observaban espantados, el más joven con las manos crispadas, como garras, sobre un sillón que habían dejado de lado, entre la escalera y el rellano, a medio trasladar. Todos miraron hacia arriba.

—El pobre Sebastián no tenía ni idea de dónde estaba.
—Agustín sonreía mientras le recordaba. Esa sonrisa comprensiva que uno dedica a su oveja negra favorita—. Había dado mil vueltas antes de caer en el pueblo. Nació en Argentina, hijo de una pareja italiana. O su madre era italiana y su padre era español, o argentino descendiente de español, algo así. —El hombre agitó la mano izquierda en el aire. Con la derecha acariciaba el vaso de vermut—. La cuestión es que él se vino muy joven. No era mayor de edad. Quería ver mundo. Estuvo en Alemania, Italia y Francia, y de allí se bajó a España. Vivió por el norte. Galicia y Navarra. Pasó por Madrid y Andalucía, y de ahí fue a Portugal. Saltaba de aquí para allá de forma errática, sin esquema lógico, según su santa voluntad. A capricho, decía.

—¿Y de qué vivía?

—De lo que podía. De lo que pillaba. Sebastián hizo de todo. Hostelería, limpieza, construcción, en cines; en las malas temporadas hasta se prostituía.

Agustín observó la reacción de Berta, pero no encontró ninguna. Berta sabía esconder su emoción para no ofender nunca a los entrevistados, no influirles, y asegurarse además de que seguirían hablando aunque fuese para arrancar algún tipo de respuesta en ella. Porque algunos de los que más hablaban lo que buscaban era, precisamente, provocar una impresión en el de enfrente. Si no lo conseguían a la primera, redoblaban esfuerzos y hablaban y hablaban... Agustín siguió hablando.

—Pero fue algo puntual. Y con hombres mayores nada más. En esa época lo pasó mal. Realmente mal. A él nunca le gustaron los hombres, ¿sabes?, pero con las mujeres no sacaba bastante y no valía para chulo. Se justificaba diciendo que peor era ser narcotraficante. O chulo. O marchante de esclavos, como Rimbaud. —El farmacéutico rio de nuevo—. Le gustaba mucho Rimbaud. Yo creo que quería imitarle. —Agustín se avergonzó y bajó la vista—. En la medida de sus posibilidades, claro.

—¿Al poeta? —Berta tendía rampas para que la conversación siguiese rodando.

—Sí. Sebastián buscaba su temporada en el infierno. Quería una temporada en el infierno propia, aunque siempre acababa decepcionado. Con los demás, con él... pensaba que no era lo bastante valiente para lanzarse al pozo. Que al final siempre se agarraba a algo y, como mucho, se quedaba colgando en vilo una temporada. Yo le decía que antes, en la generación de nuestros padres, lo oscuro podía ser romántico pero que ahora, con tanto foco cegando, si algo se mantiene en la sombra no es por misterio, sino porque tiene que ser muy muy malo.

—¿Y eso no lo sabía él? Quiero decir... ¿es posible que alguien con tanto mundo sea tan...?

—¿Naif?

—Inocente, sí.

—Pues sí, lo era, aunque no lo creas. Se empeñaba en perseguir lo raro, lo distinto, lo vibrante, el límite. Quería llegar al límite pero sin asumir el riesgo de salirse de la pista.

—Entiendo. Sebastián quería vivir ardiendo pero sin quemarse. —Como Agustín seguía en silencio, Berta alargó su intervención—. No es raro que una mente inquieta esté siempre poniéndose a prueba, pero, oye, me juego lo que quieras a que hoy en día hasta Rimbaud se hubiese quedado alguna noche en casa viendo Netflix.

Agustín no pareció entender la ironía. O la entendió y no le hizo gracia. También podía ser.

—Sí, claro, Sebastián también disfrutaba de una vida normal. Podía estar a gusto, no creas. —Efectivamente, no había captado la ironía—. Cuando vivió en Italia se colocó en un cine y fue proyeccionista. También en Francia. Aquí en España lo intentó y no hubo manera. Cosas sindicales. Fue acomodador. De ahí la admiración que sentía por tu madre. Tenía aspiraciones de artista, aunque en el fondo seguía siendo bastante convencional. A veces quería romper las normas de verdad, pero no era capaz. —Agustín bajó la cabeza y dobló la espalda. Casi se echó sobre la mesa—. Se arrepentía siempre. Yo no sé por qué insistía.

—¿Insistía?

—En pisar las líneas. —Agustín se enderezó—. Pisaba las líneas y después se arrepentía. En fin. Me tengo que ir ya.

—¿Tan pronto?

El farmacéutico se levantó sin responder.

—Oye, Agustín, ¿vas a volver al pueblo?

—Ni muerto.

—¿Adónde vas a ir?

—No digas que me has visto. Sé que es mucho pedir, pero

no lo cuentes. —El hombre la miró a los ojos—. Prometí que me escondería bien.

—¿A quién?

—A la Guardia Civil.

—¿A los guardias? —Eso sí que sorprendió a Berta.

—Sí. Es importante que guardes el secreto.

—¿Qué sabes?

Agustín sonrió. La miró casi con dulzura.

—Qué mala suerte habernos visto. Pero guárdame el secreto, al menos un par de días —insistió.

—¿Tienes miedo?

—Ya no. —Agustín dejó un billete de diez sobre la mesa—. No es por mí, en serio.

—Deja que te invite.

—De ninguna manera, éste es mi territorio. Pago yo.

—Yo también soy de aquí —replicó Berta con una sonrisa débil.

—Ojalá que no —dijo él, y se marchó.

Berta pidió la última y añadió los tres euros que faltaban para saldar la cuenta. Volvía a beber demasiado.

Llegó al anochecer. Tuvo que frenar en la curva de entrada para no chocar con el coche de Raúl. En el asiento del copiloto iba Paulina, o a Berta le pareció que era Paulina, mirándose el regazo. Tenía que ser ella. No solía haber nadie más en la casa aparte de su madre y, desde luego, por oscuro que estuviese, sabía que ella no era.

En la casa encontró a Rosa en el sofá del salón con la frente apoyada en una mano.

—¿Mamá?

—Cariño, no te he oído llegar. —Rosa levantó la cara con cierta expresión infantil.

—¿Qué pasa?

—¿Qué es eso que traes?

—Un teléfono portátil.

—No hacía falta, nos sobraba con el de la entrada.

—Eso ya no se lleva. Y no valen nada, prácticamente los regalan. ¿Qué ha pasado?

—Qué más da. Si para quien llama…

—Yo llamo.

—Sí, querida. Claro.

¿Me quieres contar qué pasa?

—Pues es que no lo tengo claro.

—He visto salir a Raúl y a Paulina. Era Paulina, ¿no?

—Sí, ¿quién iba a ser?

—Es un poco tarde para que estén por aquí.

—¿Tarde? Si no llega a estar Raúl y se la lleva, se queda a dormir. No había quien la sacase de casa. —Rosa se puso a abrir la caja del teléfono que le había tendido Berta.

—Pero ¿me cuentas qué ha pasado o no? —A Berta le alteraba la parsimonia de su madre.

—Pues es que no lo sé muy bien, ya te digo. Un pájaro ha atacado a Paulina en el jardín y no había manera de quitárselo de encima. —Berta se acordó del picotazo a través del cartón en el estudio—. Raúl ha tenido que matarlo. Le ha retorcido el pescuezo. Parecía que le iba a agujerear el cráneo.

—¿A Raúl?

—A Paulina. El pájaro a Paulina.

—¿Qué tipo de pájaro?

—Ni idea.

—Pues deberíamos averiguarlo, mamá. Y avisar o algo. ¿Qué habéis hecho con él?

—Está en la basura. —Berta dio un par de pasos hacia la cocina—. En la de fuera, hija. Me ha dado por imaginar que revivía. Pero no salgas ahora. —Rosa estiró un brazo hacia ella—. Mañana con la luz del sol. Por favor.

—Claro, tranquila.

Rosa se recostó en el sofá y buscó el mando de la televisión.

—La dichosa planta.

—¿El qué?

208

—Todo ha sido por esa asquerosa planta que se empeñó en cultivar Paulina.

—¿Cuál?

—La negra.

—¿La negra? ¿La plantó Paulina?

—Sí, hija. Quiso impresionar a Raúl con la chorrada de las flores raras y escogió esa monstruosidad.

—Quería impresionar a Raúl, ¿por qué?

—¿A mí qué me cuentas?

—¿Y la pone aquí?

—Bueno, aquí está el jardín.

—¿Y tú los dejas?

—Pues claro. ¿Por qué no? —Rosa miró a Berta confundida—. ¿Por qué no los iba a dejar?

Berta no respondió a eso. En su lugar, volvió a preguntar:

—¿Y qué tiene que ver la flor con el pájaro?

—Creo que la confundió. La flor salió volando del parterre y el pájaro debió de pensar que era algo… no sé. Algo para comer. Algo vivo.

—La otra noche uno de esos mató a un murciélago. —Berta no había olvidado el episodio—. Lo atacó en pleno vuelo.

—Bicho asqueroso. Los dos. Bichos inmundos y asquerosos.

Berta se centró un momento en la televisión. En el telediario, un tipo hablaba con mucha afectación sobre alguna desgracia humanitaria. Se veía una enorme cola de gente esperando entre el barro a saber qué, frente a un mar de tiendas de campaña. Algunos niños miraban con los ojos muy abiertos a la cámara. Berta apartó la vista. Su madre la mantenía fija en las imágenes.

—¿Y qué hacía la flor por el aire?

— No he preguntado, pero yo diría que la había arranca-do Raúl, porque Paulina ha salido corriendo tras ella como al que se le escapa el perro. Estaba alteradísima.

—¿No has preguntado?

—No, hija. No he preguntado.

—¿Por qué?

—Porque no es asunto mío. —Rosa se volvió hacia su hija—. Y porque no tenía ganas.

—¿Y no te parece extraño?

—Puede.

—Mamá, por favor. No puedes pasar esto por alto. Es tu casa.

—¿Y qué? No voy a andar indagando qué hacen esos dos en el jardín cuando yo no los veo.

—¡Por Dios, mamá! —Berta sacudió los brazos—. ¡Po-dría estar pasando cualquier cosa entre las putas plantas!

—¿A qué te refieres?

—Pero ¿a ti te parece normal todo esto?

—¿Todo esto? —Rosa no entendía a su hija—. ¡¿Quieres decir que pueden tener algo que ver con lo de Sebastián?! —La mujer dejó el mando de la tele sobre la mesa de centro, muy despacio.

—No, no lo sé. Puede, tal vez. —Berta hablaba muy rápido.

—No lo había pensado. —Rosa insistía—. Los tres en esta casa, no sería raro que…

—¡Que no es eso, joder!

—¿Entonces? —Rosa se levantó del sofá—. ¿Se puede sa-ber a qué viene todo esto?

—¡A que no te enteras de nada! ¡No te enteras de una mierda de lo que pasa en tu casa!

En el telediario, el hombre afectado tenía la vista fija en

la cámara. Parecía estar esperando algo. Ese algo no llegó y bajó la vista a los papeles.

—¡Berta! —Rosa miraba a su hija sin entender lo que pasaba.

En la televisión, el hombre de las noticias forzó una sonrisa antes de ceder la palabra a su compañera de mesa. La ráfaga de la información deportiva desequilibró el nivel de tensión al sonar demasiado alta.

—No me lo puedo creer. ¡¡¡No me lo puedo creer!!! —La voz de Berta era más grave y su tono más bajo—. ¡¡¡Y apaga la puta tele, joder!!!

—No me hables así en mi casa.

—¡Ah! ¡¿Ahora es tu casa?!

—Siempre ha sido mi casa.

—¡Pues contrólala, mamá! —Berta sonaba derrotada—. ¡Mira a ver qué pasa!

—Pero ¿qué quieres que haga? Si es por lo de Sebastián, la Guardia Civil está…

—Que no, mamá. —Berta miró a su madre con desesperación—. Que no me refiero a eso. Que a lo mejor le está haciendo algo. —Había bajado la voz, aunque gesticuló como si gritara.

—¿A quién? ¿El qué? —Rosa abrió los brazos implorando algo que pudiese comprender.

—…

—¡Berta! —Necesitaba que su hija le diese algo para desenredar la situación. Algo que comprendiese, algo que la aliviase—. ¿El qué?

Y el tiempo se congeló un instante. Berta siguió sin responder, pero se movió. Se encogió. Fue apenas perceptible en el espacio, aunque lo notaron las dos. Se dobló. Miraba al suelo.

Hija —Rosa habló despacio—, ¿qué está pasando?

—Me forzó.

—¿Raúl?

Berta asintió.

—¿Te forzó?

—Sí.

—¿Te forzó a...?

—¿Tú qué crees, mamá?

Berta se resistía a decirlo. Rosa se llevó una mano a la boca. La retiró para preguntar:

—¿Cuándo?

—Con quince años.

Rosa pensó un instante mientras desviaba la vista hacia la televisión. Un pelotón de ciclistas se estiraba en una curva. Qué rápido iban.

—¿Entonces?

—Entonces ¿qué?

—Entonces ¿no erais novios o algo así?

Berta miró a su madre. Se había repuesto un poco. Se había enderezado. Respondió con precaución.

—Sí, algo así.

—¿Y te obligó?

—Sí.

—¿Estás segura?

Aquello fue una puñalada para Berta. La abrió en canal y le pareció ver caer sus vísceras, despacio, al suelo. De no ser porque era imposible, Berta hubiese creído que de verdad estaba ocurriendo, pues le acompañó una sensación de recibir un aire muy frío dentro. Lo sintió. No respondió. Dio media vuelta y se marchó a su habitación. No había llegado a apoyar la cabeza en la almohada cuando su madre abrió la puerta sin llamar.

—Perdóname, Berta. Perdóname.

—No te preocupes.

—Claro que me preocupo, hija. Perdóname.

—De todos modos, ya hace mucho de aquello. No sé por qué te lo cuento.

—¿Dónde fue?

—En el estudio.

—¿En el estudio? —Rosa reaccionó como si la hubiesen pinchado—. ¿En casa?

—Sí, en casa. A veces él traía algo de beber y nos emborrachábamos un poco. En el pueblo era imposible, ya sabes. Al principio íbamos al río, pero cuando vino el frío nos quedábamos en casa.

—¿Por la noche?

—Claro que por la noche, mamá.

—Pero yo estaba aquí.

—Tú no te enterabas de nada. Después de cenar nos despedíamos siempre hasta el día siguiente.

—Pero, Berta, hija, ¿le metiste en tu habitación?

—Sí. Y bebí. Creo que en algún momento hasta quise que me follara, pero en el último instante me arrepentí.

—Te arrepentiste en el último instante.

—Sí.

—En tu habitación con un chico mayor.

—Así es.

—Pero, hija… —Rosa la miraba con los ojos muy abiertos—, ¿qué esperabas que pasara?

Berta se mantuvo un instante en silencio. Cuando respondió, lo hizo lentamente.

—Cualquier cosa menos que me follase a la fuerza tapándome la boca para que no te llamara.

Rosa levantó la cabeza y miró al techo. Recuperó la posición.

—¿Por qué no me lo contaste?

—Pues porque le metí en mi habitación.

Rosa asintió dos veces, en silencio, mientras miraba a su hija. Después se quedó inmóvil.

—No fue culpa tuya.

—Eso lo tengo claro ahora. —Berta sonrió levemente—. Pero entonces también yo lo dudaba.

—Yo no lo dudo.

—Claro que sí.

—Hija, yo sólo creo que podías haber sido más…

—¿Más qué?

—No sé. Más comedida, más prudente.

—¿Como cuando se da un rodeo para no cruzar un descampado?

—Por ejemplo.

—Ya. Pues no lo hice. A veces una se despista y deja de vivir con precaución. O se cansa.

—Tenías quince años. No podías estar cansada de nada.

—O no se le ocurre que vaya a hacer falta. Confié en él. Y él me violó. Si me vas a decir que se lo puse fácil, no te diré que no. Pero es que no se me pasó por la cabeza que no fuese como yo.

Las dos callaron después de eso. Rosa fue la primera que volvió a hablar.

—Hijo de puta. —Lo hizo girando la cara hacia la puerta de la habitación. Volvió a mirar a Berta—. ¿Qué pasó después?

—Se disculpó. Se disculpó mucho y lo justificó con el alcohol y con mi provocación. Que le había provocado yo. Quiso seguir saliendo conmigo y lo consiguió. Era muy insistente. Y me daba miedo. Pero no pude tolerarle cerca durante mucho más tiempo. Era superior a mí. Me repugnaba. Entonces se enfadó y empezó a acosarme, a despreciarme. No era nada muy obvio. A veces simplemente aparecía y se quedaba mirándome fijamente. Y se reía. Otras veces me acorralaba e intentaba convencerme de que teníamos que seguir juntos. No me dejaba ir hasta que me veía agotada. O asustada. Dejé de moverme sola por el pueblo. Aun así, le veía observarme. Desde cualquier rincón y en cualquier instante. Seguí rehuyéndole durante años, a él y al pueblo, hasta que pude marcharme.

—Ojalá me lo hubieses contado antes.

—Ya te he dicho que me sentía culpable. Y avergonzada. Y me hace sentir vulnerable.

Volvieron a callar. Rosa se levantó de la cama de su hija. Antes le rozó ligeramente la mano que tenía más cerca.

—Bajemos a cenar.

—Prefiero quedarme aquí, mamá.

—Pues nos quedamos aquí.

—Sola, por favor.

—No te enfades conmigo. Yo no… Lo he procesado un poco más despacio de lo que debería, pero…

—Mamá, no te preocupes. Lo entiendo, de verdad. Estoy bien. Fue hace mucho. Sólo quiero un poco de tranquilidad.

—Claro, hija.

Se miraron.

—¿Estás bien, seguro?

—No del todo mal. —Berta sonrió.

—Perdóname. —Rosa miró al suelo—. ¿Crees que le ha hecho algo a Paulina?

—No lo sé. Pero podría. Es un mal tipo, mamá.

—Ya. Descansa. Estaré abajo si necesitas algo.

Rosa salió de la habitación de su hija con la cadencia en el paso de una mujer de mil años. Se quedó en el sofá hasta las primeras luces, por si su hija llamaba. Como si aún pudiese hacer algo. Oyó que Berta se levantaba varias veces para ir al baño y abría y cerraba la ventana. Cuando hacía un par de horas que ya no la oía revolverse en la cama se asomó. La niña dormía. Volvió abajo y dio un par de cabezadas.

Al alba subió de nuevo y comprobó que Berta dormía como haciendo fuerza, respirando desde abajo de la pluma más honda de la almohada. Por eso no pudo oír que su madre llamaba por teléfono y decía: Siento haberla despertado, sí. Lo lamento de veras, ya sé que es muy temprano. ¿Podría decirle a Raúl que venga? Ahora, sí. Es urgente. Una fuga. Algo debe de estar mal. De verdad que lo siento, pero necesito que venga ya.

Cuando Raúl se acercó a la entrada de la propiedad, se encontró a Rosa esperándole en la puerta. No era del todo de día. La mujer le salió al camino. Él bajó la ventanilla alarmado. Que algo iba mal era obvio. Tampoco de eso se enteró Berta. Ni de cómo su madre se agachó apoyando los dos antebrazos en la portezuela del coche, a dos dedos de la cara de Raúl, y le dijo: Esto es lo más cerca que vas a estar nunca más de mi casa. Y cuando no estés en mi casa y te cruces con mi hija, cambiarás de acera bajando la vista. Si me entero de que estás tan cerca que puedes olerla, les contaré a los guardias que te vi salir corriendo la noche que murió Sebastián. Raúl no movió un músculo más que lo justo para replicar que eso no era verdad. Eso no es verdad, dijo. Me da igual. Yo sólo te digo lo que puede pasar, respondió Rosa. Raúl empezó a negar todo. Lo que fuese. Cualquier cosa que hubiesen podido contarle de él, decía Raúl, podía explicarlo, seguro. Rosa ya le había dejado atrás.

Empezaban a asomar los primeros rayos de sol. El día apuntaba hermoso y la noche en vela potenciaba cierta sensación de bruma ligera. Rosa se sentía mal, insatisfecha, lamentaba que no se le hubiese ocurrido algo fulminante e inmediato, pero la justicia cósmica iba fatal. Ojalá hubiese tenido el valor de pegarle un tiro en la cara, pensaba. De nada de eso se enteró Berta, que tenía la mente en lo más profundo, donde aún era noche cerrada.

TERCERA PARTE

Ni Berta ni Rosa la esperaban ese día. Dieron por sentado que se tomaría un descanso después del incidente con el pájaro, pero Paulina llegó a su hora habitual, como si nada, con el periódico.

—Madre mía, no saben cómo está el pueblo. *To* revuelto.

Y lanzó un ejemplar de *El Provincial* sobre la mesa, abierto por la sección de Sucesos.

EL RINCÓN NEGRO DEL VALLE MÁS OSCURO
La ley del silencio, quién lo diría, en la más pequeña
de las aldeas malditas

CARLOS MONTERA / Rayuela. Cuando uno llega a Rayuela, lo primero que percibe si está alerta es la total ausencia de ruido. Es un pueblo, podría decirse, aparentemente dormido. Sin embargo, no hay que esperar demasiado para darse cuenta de que, bien al contrario, Rayuela bulle, hierve, aunque detrás de las cortinas. Literalmente. Cuando un forastero camina por las calles de la aldea, los visillos tiemblan. Como una onda originada por sus pasos, una vibración, un movimiento de placas tectónicas que se acompasan al avance, a su ritmo. Y cualquiera diría que se comunican con la mente porque, al parecer del extraño, toda esa gente podría compartir un mismo pensamiento. Él. A qué ha venido, adónde va, de dónde es. Bien podrían tener un vigía apostado en el límite de la comarca y, como en las poblaciones de antaño, al llegar el de fuera ya estuviesen todos avisados. La cuestión es que, si cruzas la plaza de Rayuela, te recibe con una ola constante de puntillas, ganchillos y encajes. Se ven sombras detrás de las telas, pero no se oye nada. Aunque a veces se diría que hay murmullos. Se siente uno como el pobre Pedro Páramo de Juan Rulfo.

Pasado el primer escalofrío y cuando ellos ya te han visto, van apareciendo aquí y allá personas, gente. Se agradece. No quiero llevar a equívoco, los aldeanos de Rayuela son amables en las distancias cortas, aunque distantes. Afables, pero no acogedores. Educados, pero tampoco se alegran de verte. Como el que entra en un bar cuando el personal está recogiendo. Tema aparte es el dueño de la hospedería, que también es restaurante y cafetería, Casimiro Belarde. El único foco de calidez, a pesar de sus reservas, que puede encontrar en Rayuela uno de fuera. Aunque de eso vive, así que también podría ser que no le fuese del todo natural. Podría tratarse del fruto de un esfuerzo consciente. En todo caso, funciona. Cuando uno accede a él y a su establecimiento, se siente menos solo.

Ese local resulta ser el único lugar del pueblo, además de la iglesia, donde se diría que existe algo llamado red social. El bar es el núcleo del átomo, el sol del universo rayuelano. A su alrededor se dispersan los distintos corpúsculos que, como planetas, van variando su posición sin apenas interactuar. No chocan, pero tampoco se abrazan. En un lugar tan pequeño todos saben dónde están los demás. Y se mantiene una prudente distancia. La mayoría de ellos se hablan lo justo. Una alzada de mentón es suficiente para desearse una buena jornada. Las comadres, sí, las comadres sí hablan entre ellas. Se preguntan por la salud, por la familia o por la comida, cumpliendo con la estricta norma de la buena vecindad, indispensable para mantener la cordialidad en una aldea de poco más de trescientos habitantes. Menos que eso sería ofender a todo un clan, pero nadie espera más.

No se conocen antecedentes de asesinatos, homicidios o suicidios en Rayuela y, sin embargo, todo lo acontecido en este remoto rincón del mundo tampoco ha provocado en esta gente un escándalo excesivo. Si acaso, una cierta curiosidad. El talante del rayuelano es firme y seco, poco dado al aspaviento. También puede influir que el muerto era de fuera. Quién sabe si unos cuernos entre dos locales les alterarían más. Es difícil decirlo. También podría ser que, como es habitual en comunidades aisladas cuyos asuntos tratan a su manera, se dé por sentado que si a alguien le han pegado un tiro, por algo será. Esto está poblado por gente que de frente parece que mira normal, aunque de perfil te sigue con el rabillo del ojo hasta que desapareces. Y nadie habla de la muerte ni del muerto. O nadie me habla a mí de la muerte ni del muerto. No me importa confesarlo. Si saben quién fue o por qué, se lo callan. Lo protegen. O se protegen. O consideran que sus cosas no son de la incumbencia del de fuera. O también puede ser que no les importe y que lo que quieren es que se les deje en paz. Esta aldea está llena de oes. De opciones binarias y ecuaciones con incógnitas que, sin la colaboración de los paisanos, uno no puede despejar. Es el misterio que guarda una comunidad profundamente rural. Cada una el suyo, pero siempre lo hay.

Cinco días después, poco o nada se sabe de la muerte de Sebastián Palencia. O eso o los del pueblo no lo cuentan. Ni móvil, ni modo ni responsable, a pesar de ser un pueblo donde no se hace un cocido sin que el vecino deduzca por el olor qué lleva. Ya es raro que nadie sepa nada. Eso dicen, al menos, los pocos que hablan al forastero.

Así es el pueblo que se llama como la novela de Cortázar. Un orgullo.

Aunque de lo que más se enorgullecen en Rayuela es, como en todos los pueblos pequeños de España, de su estrella local. Que estrella lo fue, pero no de la localidad. Rosa María Lezcano, esa gran actriz del cine italiano que se instaló aquí cuando se cansó del ruido del mundo. Volvió al lugar donde había vivido de pequeña a buscar el silencio que, y vuelvo al inicio de todo, envuelve esta aldea. Eso sí, a ella en estas calles no se le ve el pelo. Vive, pero no convive. Vino buscando un lugar, no una gente. Este periodista lo intentó por todos los medios, pero no pudo hablar con ella. Una diva será una diva hasta el día en que muera.

Otra cosa es su hija. «La hija de la artista», la llaman. Berta Martos. Una locutora caída en desgracia después de que Sebastián Palencia, quien falleció por un tiro de escopeta en la casa de su madre, muriese en directo en su programa de radio. Una muerte única que resonó el doble y se llevó por delante la reputación de la madre y de la hija. También esta última buscó refugio en el pequeño mundo alejado de todo y de todos, sin visitantes, sin cobertura y con la vida justa. A ella sí se la puede ver, de vez en cuando, encharcando el pesar de su mala suerte en el bar donde el bueno de Casimiro la recoge siempre. No literalmente, aunque cuando digo encharcar es porque bebe.

Berta Martos, sin embargo, es el único punto candente de verdadera vida en Rayuela. Alguien con un pasado y, si no desbarranca en este abismo de pasividad y recelo, un futuro. Observando su día a día en Rayuela, lo que le falta es un presente.

Dejo la aldea, sus campos, su plaza y sus habitantes con alivio. Tan sólo recordaré con gusto un elemento esencial en el pueblo que no ha sido citado aún en este texto: el río. Correr por su vereda trae a la mente lo que debe de ser irrumpir a la carrera en el paraíso. Es el amparo del paisaje en un lugar, Rayuela, por el que el mundo ha transitado apenas lo justo.

—Pero ¿qué ha hecho este hombre? —Rosa fue la primera en hablar—. Pero ¿por qué ha hecho eso?

Berta miraba el artículo como miraría a un ser de otro mundo.

—Pero esto que ha escrito es un horror, no lo entiendo —seguía Rosa—. Buñuel dejó Las Hurdes mejor. ¿No se puede hacer nada?

—¿Qué quieres hacer, mamá? ¿Escribir una carta al director? ¿Una queja al defensor del lector?

—Pues no sé, hija, algo se podrá hacer. Tú eres periodista.

—Es muy difícil que tu protesta tenga el eco del artículo, mamá. Aunque, bueno, igual siendo tú...

—¡Y tú!

—No, yo no. Yo ya no soy. Y menos después de este retrato. Lo último que quiero es remover el asunto con una respuesta.

—Pues la alcaldesa está que trina. —Paulina también parecía enfadada—. Bueno, el pueblo entero. En la carnicería he oído yo al Luis que estaban esperando a que abriese el Casemiro para irle a pedir explicaciones al periodista de los cojones. Así lo dijo.

—No le irán a pegar. —Berta revisaba parte del texto—. Casemiro es el único que se libra.

—Sí, pero le ha escrito mal el nombre. Mira si es inútil el imbécil. —Paulina estaba fuera de sí.

—A ver, un momento. —Berta había levantado una mano pidiendo calma—. No le irán a hacer nada al tipo. Tampoco hay que llevar este asunto a ese extremo.

—Pues no sé yo qué decir, aquí nos tomamos el nombre del pueblo muy a pecho. —Paulina parecía orgullosa—. Estaba el Ramiro que se salía de sí todo el rato: Poco menos que nos ha *tratado* de salvajes, decía. Ni que fuésemos una tribu de la selva. Está muy enfadado.

—No me extraña. —Rosa se sirvió otro café—. Me ha llamado diva.

—No te quejarás, mamá.

—Y a ti, borracha. —Rosa miró a Berta—. ¿Bebes mucho?

—¡Qué va!

—Ya. —Rosa observó a su hija.

—Bueno, a ver si le van a hacer algo —repitió Berta.

—Pero ¿y a ti qué más te da? Alguien le tendrá que explicar las cosas como son, digo. —Paulina había puesto los brazos en jarra—. ¡A ver qué se ha creído el mondongo ese de capital!

—Qué burros sois.

—Por cierto… —Rosa cayó en la cuenta—. Paulina, ¿tú estás bien?

—Yo sí. ¿Por?

—¿Por qué va a ser? Por lo de ayer.

—*Na*. Puto bicho asqueroso. No creo que haya más. Voy a ver si quedó algo por arreglar.

Paulina salió al jardín y se oyeron sus pasos sobre la grava.

Rosa y Berta se miraron y no dijeron nada.

El resto del día lo pasaron en calma.

Aparentemente.

Le había sido imposible madrugar, así que Berta se fue a correr un poco más tarde de lo habitual. Ya pasaban de las diez. Avanzaba despacio, siguiendo un ritmo pausado que favorecía que se le aireasen el cuerpo y la mente. Respirando casi con calma, sin forzar. Lo que buscaba con esa carrera era un efecto parecido al de abrir la espita de una olla a presión. Se bajó la cremallera de la sudadera para que el aire fresco le diese en el cuello, en las clavículas y en el escote. Llevaba media hora de carrera y ni siquiera había roto a sudar. Era más bien como estar dándose una ducha de agua fría. Una carrera refrescante, el descanso de un corredor habitual. Cuando estaba a punto de dar la vuelta, una figura apareció de entre la vegetación, de la parte más frondosa de la ribera. Berta dio un salto que la lanzó casi dos metros atrás. Se le tensaron todos los músculos del cuerpo. Adiós relax. Era Carlos.

—Me has dado un susto de muerte. ¿No podías haber avisado o algo?

—No sabía que eras tú hasta que te he tenido encima.

—¿Y qué hacías ahí abajo?

—Te esperaba.

—¿A mí? ¿Aquí?

—Sí, aquí. No querrás que vaya al bar, tus vecinos han llamado al periódico. Cualquiera diría que me quieren linchar.

—¿Cómo sabías que iba a venir?

—No lo sabía. He probado suerte.

—Podías haber pasado por mi casa, esto es muy raro.

—Habría ido si no hubieses aparecido, pero prefería que no nos viese nadie.

—Ya. Oye, ¿qué es eso que has publicado? Es una mierda, Carlos. El pueblo no es así. Yo no soy así. Mi madre a lo mejor sí, pero has acertado de casualidad.

—Bueno —Carlos se impacientó—, ahora ya da igual.

—¿Cómo que da igual? ¡No da igual! ¡Lo que has escrito no es verdad!

—Vale, que sí, escucha...

—¿Han hablado contigo en el pueblo? ¿Alguien te ha dicho algo?

—No, me he marchado antes.

—Están que trinan.

—Oye...

—¡Y me pones como a una borracha fracasada!

—Bueno, eso quería ser un toque de atención. Pero disculpa si te ha molestado.

—¿Un toque de atención? ¿Tú a mí? ¿De qué?

—Un toque de atención porque creo que te estás dejando ganar. Y también creo que bebes mucho. Es un dato objetivo.

—Pero, bueno, ¿y tú qué sabes?

—Te he visto. Bebes muy rápido.

—¿Y a ti qué te importa? —Berta no podía creerse la desfachatez del tipo.

—Lo he hecho por tu bien. Alguien tenía que decírtelo.

—¡¿Que qué?! —Berta tenía ganas de cruzarle la cara, pero le daba miedo que el otro se la devolviese. Era más fuerte—. ¡Pero ¿tú eres gilipollas?!

—Oye, sin ofender.

—¿Y me has esperado aquí para que te agradezca el favor?

—No, lo he hecho sin esperar nada a cambio. Esto no tiene nada que ver. Es que tengo que contarte algo.

—Esto no puede estar pasando.

—Oye, escúchame.

—Eres un imbécil.

—¡Escúchame, joder! —Carlos la había cogido del brazo.

—No me toques.

—¿Me escuchas, por favor?

—Dilo rápido y vete. —A esas alturas, Berta sentía muchísima curiosidad.

—Anteayer, antes de irme, me ofrecieron un servicio.

—¿Un qué?

—Un servicio. Completo.

—Un servicio ¿de qué?

—Coño, Berta, de una puta.

—¿Y por qué me cuentas a mí esa mierda?

—Por el reclamo que utilizó el tipo. No tiene ni pelo. Con dientes de leche, me dijo.

—¿Quién?

—Ni idea. Alguien en el pueblo. Se me acercó por detrás, en la plaza, cuando volvía de mi paseo.

—Pero ¿quién?

—No lo sé, te digo. Yo no los conozco. Estábamos solos. Iba vestido de oscuro y llevaba una gorra.

—¿Y qué le dijiste?

—Pues me quedé tan sorprendido que sólo dije que no, que muchas gracias.

—Pues vaya.

—¿Qué quieres? Me sobresalté. Él insistió. ¿Seguro?, dijo. Y se largó. Salió de la plaza hacia la calle que baja por la iglesia. Dejé de verle, pero antes de llegar al bar oí que se cerraba la puerta de un coche y arrancaba un motor. Oí cómo se alejaba. A lo mejor no es de aquí.

—¿Por qué me cuentas esto?

—Pues porque yo no puedo quedarme en el pueblo, porque ya nadie se fía de mí. —Carlos tenía expresión de lamento—. Bueno, y porque me dan un poco de miedo. —Se acercó a Berta y habló con énfasis—. Pero eso da igual, Berta. Con dientes de leche, me dijo. Se me pusieron los pelos de punta. No me lo puedo quitar de la cabeza.

—Pero ¿qué me quieres decir? ¡¿Que te ofreció una niña?!

—¿Qué, si no?

—Eso es imposible.

—¿Tú crees?

—Pues claro que lo creo. —Berta casi se enfadó—. Aquí se conoce todo el mundo.

—¿Y qué?

—Que eso no se puede esconder aquí, hombre. No se puede.

—Pues por eso te lo estoy diciendo. —Carlos la miraba como si fuese boba—. A mí no me va a contar nadie nada.

—¿De qué hablas? —Berta se espantó—. ¿Por quién nos tomas?

—¿A quiénes?

—¡A nosotros! ¡Eso aquí no puede estar pasando!

—Y, entonces, ¿qué era? ¿Una broma?

—O el tío exageraba. O lo entendiste mal. Hay prostitutas en la zona.

—Puede ser. —La miró con escepticismo.

—Si tan convencido estás, ¿por qué no lo denuncias?

—¿Cómo? No puedo decir quién me la ofreció, y ni siquiera tú crees que pasase de verdad.

—Mira, Carlos, déjame en paz. Y deja de inventar. Algún día te meterás en un lío.

—No invento, contextualizo. Sobre una base cierta.

—Vete a la mierda.

—Como quieras, pero estate atenta. La gente de tu pueblo empieza a dar repelús.

—No es mi pueblo.

—Desde luego. —Carlos sonrió—. En fin, yo ya he hecho mi parte. —Miró los árboles y cambió de tono—. ¿Vas a volver a Madrid?

—Eso espero.

—Creo que voy a buscar trabajo por allí. Me encanta este entorno, pero se me queda pequeño. Me apetece hacer algo de tele.

—Qué ambicioso. Pues te deseo suerte. —Berta empezó a alejarse—. Siempre puedes pedir que te asignen la información de la Casa Real. Dicen que cuando cubres la entrada de La Zarzuela te dejan cagar en el encinar.

—Vaya, qué enfadada estás.

Berta inició la vuelta a casa.

—¡No dejes de contarme cómo te va!

Volvió la mirada al frente y aceleró el ritmo. El tipo tenía razón, sí que estaba enfadada. Otro capullo que le gustaba. No es que fuese nada del otro mundo, pero, vaya, en el pueblo tampoco había nada de nada. Aún toma leche. Se le coló la idea en la mente. No, no era eso, por favor. No toma leche. Qué burrada. Aún huele a leche. Tampoco. Dientes de leche. Eso era. Dientes de leche. ¿Será posible? ¿Será posible que signifique lo que parece?

En el cuartel, el subteniente Almazara y el sargento Ramos tenían varios papeles entre las manos.

—Qué asco.

—Sí, pero aún hay que comprobarlo.

—¿No será tarde?

El jefe no respondió.

Berta volvía a casa con la cabeza llena de preguntas que le jodieron la carrera cuando, al otro lado del río, en la ribera, una joven rubia recogía algo del suelo. Podían ser flores. O caracoles. O piedras. Estaba junto al molino. Y el caso es que esa imagen Berta ya la había visto. Una chica rubia en el campo. Y en la plaza. Estaba segura de que era la misma, aun viéndola en la distancia. Pensó en llamarla. Dudó. La llamó con un hola. La joven la miró.

Del molino asomó alguien. No lo veía con nitidez, pero tenía claro quién era. Ese alguien salió al sol. Al ponerse al lado de la figura rubia, se fijó en la diferencia de tamaño. Se la veía tan pequeña.

—Mierda.

Berta lo dijo en voz alta.

Rosa empezó a preparar la comida y se dio cuenta de que hacía mucho que Berta había salido. No quiso preocuparse, pero no pudo evitarlo. Era probable que estuviese en el pueblo, no sería la primera vez que se encontraba con alguien por el camino y se tomaba una cerveza antes de darse una ducha. Rosa se forzó a sí misma a mantener la calma. Ese tipo de situaciones siempre les habían causado problemas.

—Si la mayor parte del año vivo fuera, no sabes si entro o si salgo, ni a qué hora ni con quién, y las dos vivimos tan ricamente, ¿por qué pones el grito en el cielo cuando no te llamo a la hora de la cena?

—Sería raro que te esperase cuando no estás. Pero si estás, si estás aquí conmigo y no dices lo contrario, es lógico que te espere a cenar.

—¡Pues no esperes! ¡No me esperes más! Tú come cuando quieras comer y cena a la hora de cenar. Cuando sea tu hora de cenar. Yo ya apareceré —pedía Berta—. No te preocupes, de verdad, mamá.

Quería no preocuparse, pero le resultaba imposible. El caso es que Rosa jamás había visto clara la línea entre preocuparse y agobiar. Era madre. Ella nunca se había comportado de ese modo antes, jamás, hasta que fue madre. También ella echaba de menos su libertad. Su vida tan peculiar. Sus buenos días de mujer libre. Y en Italia, además. Con el plus que le confería ser extranjera. Una española respetada y no lo bastante guapa como para que su imagen la esclavizara. Lo que se dice libertad libertad. Una gloria. Cuánto lo echaba de menos. Pensaba que siempre iba a ser igual. Y lo hubiese sido, estaba segura, si no se hubiese dejado preñar.

Aún no se explicaba cómo consintió que pasara.

Berta estaba helada. Helada y entumecida. Tenía las manos atadas a la espalda con una cuerda estrecha y basta, rugosa, que le estaba destrozando las muñecas. Las zonas de roce le ardían si se estaba quieta. Era peor cuando se movía y sentía como si le clavasen pequeñas agujas allí donde se tensaba la cuerda. Había quedado tumbada en posición fetal. Seguía así desde que la bajó del coche y la hizo subir por una escalera estrecha y empinada, quejumbrosa, que sonaba a madera y olía a algo acre. Lo que pisó al terminar la ascensión fue un suelo inestable e irregular. Definitivamente olía mal. La había cegado y enmudecido con cinta aislante. Andaba insegura, adelantando las puntas de los pies, sin apenas despegar las suelas de un piso que se movía bajo su peso, donde tropezó dos veces. La primera vez la sujetaron por el brazo izquierdo y la segunda la dejaron caer. Aterrizó sobre la rodilla izquierda y agradeció que el suelo absorbiese parte del impacto, aunque se clavó algo. No sabía bien qué, no tuvo ocasión de comprobarlo. El suelo volvió a ceder, Berta notó cierto vaivén bajo su peso. Cuando se desplomó, notó la textura, era madera. Tablas de madera al aire. Como estar sobre un puente colgante. Un desván. Una buhardilla. O un enorme estante.

Él se marchó sin decir nada y el suelo volvió a ceder y a recuperarse bajo sus pasos. Le daba el viento en el pelo, pero por el cambio de luz sabía que estaba a cubierto. Berta, coño. Esto es el campo, se dijo. Estás en medio del campo. En un puto pajar. A eso huele. A paja, a grano, a hongos y a humedad. Y a mierda de animal. ¿Y qué es eso que suena? ¿Es aquí dentro o fuera? Hijo de puta, pensó con angustia, temiendo quedarse allí para siempre si él no volvía o nadie la encontraba. Intentó soltarse de nuevo. Nada. Estaba firmemente amarrada. En vista de que sólo podía dañarse, paró y, a su pesar, volvió a concentrarse en ella misma. Entre las distintas oleadas de miedo, porque Berta sentía un miedo intenso aunque inconstante que se alternaba con momentos de incredulidad, tuvo oportunidad de preguntarse cómo, en el caso de que él la liberara o la encontrase alguien, iba a conseguir arrancarse la cinta adhesiva de los ojos sin quedarse sin cejas y sin pestañas. Hasta vio saltar la fina piel del párpado. Sintió repulsión. La imagen le distendió la boca del estómago y soltó un gemido que apenas se oyó. La aprensión le pudo y se desesperó. Nunca había sido una quejica, pero, en vista de la situación, un poco sí que lloró. Se hacía mayor, pensó.

Volvió a oír algo. Un leve movimiento de arrastre. Procedía de abajo.

Rosa dejó la ensalada sin aliñar y el arroz sin cocer. De todos modos, lo primero que haría Berta al llegar sería irse a la ducha, así que ya remataría la comida cuando la viese entrar por la puerta. Pero tardaba. Esa manía de su hija de trotar por el camino del río, entre las piedras. Esperaría media hora más y, si no aparecía, llamaría a Casemiro para que fuese a buscarla. De entre todos los del pueblo, ese hombre le parecía el más noble. Durante algún tiempo, tal vez meses, había pensado lo mismo de Paulina, pero se desengañó al final. Había en ella un fondo de amargura que la hacía agria en el trato, por mucho que la mujer parloteara todo el rato. Le faltaba algo. Se le notaba cierta necesidad no cubierta que se le escapaba por la boca, por los ojos, por los poros. Algún tipo de complejo. A Rosa nunca le llegó a gustar del todo, pero allí en el pueblo resultaba más difícil echarla que tolerarla. No puedes desprenderte de alguien así como así, sin motivo, en un sitio tan pequeño. Y en el pueblo no hubiesen aceptado ofender a Paulina ocupando su puesto. El puesto de Paulina, así lo veían ellos. Además, siendo soltera necesitaba el sueldo. Estaba hecho. Paulina se había convertido en la chica de la casa de la artista por gracia de la comunidad y eso era ya un estatus, un derecho. La comunidad cuida de la comunidad. Al menos a la cara. Después estaba la tendencia al hablar por hablar. Pero hablar no hacía daño a nadie, ¿verdad? ¿Qué mal había en los pequeños corros al salir de misa, en el mercado o en la entrada del bar? Era una cuestión de interés general el mantenerse al día en las cosas de los demás. La comunidad siempre cuida de la comunidad. Hasta repasaban temas antiguos si no había surgido nada nuevo. Paulina se traía los chismes a la casa. Lo disfrutaba. Sentía como propias las vivencias ajenas cada vez que las contaba y no entendía que pudiese haber alguien a quien no le interesasen. Relatos llenos de añadidos, apuntes y, por supuesto, juicios. Algunas de las más rotundas afirmaciones que había oído en ese pueblo se habían construido sobre suposiciones repetidas. Y el caso es que no eran mala gente en general. Eran razonables. Solían aceptar como buenos los argumentos que desmontaban sus afirmaciones basadas en nada. Lo hacían. Al menos individualmente. Pero, en cuanto te separabas de ellos y volvían al corro, entraban de nuevo en su propia marejada de chismes, rumores y cuentos. Nunca se sabía quién había empezado a contar una historia, pero sí cómo se daba por verdadera: cuando llegaba por tres bocas distintas. Un fenómeno viral, tratándose de una aldea como ésa. Tres fuentes. Cuando a una le cuentan tres veces la misma historia tiene que ser cierta.

Rosa no esperó más, cogió el teléfono nuevo y llamó al bar. Un tobillo torcido, seguro. A lo peor un desvanecimiento, le dijo.

Casemiro salió a buscarla.

Berta se esforzaba por mantenerse quieta a pesar del entumecimiento. Si se movía sentía la hendidura de las ligaduras en las muñecas como si se le clavasen dos cuchillas. Había dejado de llorar para concentrarse en respirar. Con la cinta adhesiva en la boca, sólo contaba con la nariz, y el ataque de autocompasión se la estaba llenando de mucosidad. A ver si al final se iba a morir de verdad. Logró calmarse, echó la cabeza hacia atrás para favorecer la entrada de aire, e intentó pensar en la situación y en las distintas formas en que podía resolverse. No creía que fuese a acabar con ella. No podía ser un tipo tan malo. ¿O sí? Parecía un ataque de ira, un arrebato que tal vez se había aplacado ya. Pero quién sabía, tantos años después, cómo había evolucionado. Pensó en el encuentro con Raúl, solos en el bosque, en el miedo a contradecirle. Puro miedo. Así de claro.

—Pues sí, me llamó tu madre. ¿De verdad que no sabes nada? No quiere que vuelva a la casa.

Berta había sentido que le bajaba el nivel de oxígeno en sangre y confió en que no se le notara. Lamentó no haber dejado claro a su madre que Raúl no podía enterarse de que ella había hablado.

—Bueno, me guarde el secreto durante años. No creo que me puedas culpar.

—Te pedí perdón.

—Lo sé. Me acuerdo. Y también dijiste que no era para tanto.

—Es que no era para tanto. Allí estábamos los dos. Me invitaste tú. Y bebiste conmigo.

—Te dije que no. Varias veces. Me tapaste la boca.

—¡Coño, joder! —Raúl dio un golpe al techo del coche—. ¡Ya me disculpé!

—Bien. Disculpado. Me voy.

—No, espera un momento. —Raúl bajó la cabeza—. Lo digo en serio. Lo siento. Ya te lo expliqué. Fue hace mucho, yo no sabía cómo controlar. No pude parar, joder.

—No quisiste.

—Vale, como quieras. Pero no ha vuelto a pasar, ¿verdad? Lo siento mucho, en serio. Tú no me crees, pero me siento fatal. —A Berta le pareció ver un asomo de sonrisa—. Déjame que te lleve a casa. No te molestaré más.

—No me vengas con eso ahora, Raúl. He salido a correr. Entenderás que tenía pensado ir a pie.

—Berta, por favor. Sólo el trayecto a casa. Es la segunda vez que me desprecias. Intento tener un poco de normalidad en este pueblo de mierda. Han pasado muchos años. He perdido mi jardín.

—¿Tu jardín?

—El jardín. Tienes que hablar con tu madre. Y tu madre con la mía. La llamó de madrugada, ha conseguido desquiciarla.

—Que te den, Raúl. A ti sólo te importas tú. —Berta se acercó a él, quería decírselo lo bastante cerca como para que se sintiese culpado, odiado, agredido. Eso quería Berta. Quería ser agresiva—. Apenas podía respirar. Cuando te fuiste, yo sangraba. Y después me acechabas.

—Quería estar contigo.

—Pero yo no. No podía. No pude acercarme a nadie en años. No soportaba que me tocaran. Cuando me obligué a hacerlo fue como tener que atravesar el infierno descalza. Así de jodido. Y me acordé de ti. Así de triste. Por tu culpa.

—¡¿A qué coño tanto drama?! —Raúl levantó una mano—. ¡Eras mi novia! ¡Me llevaste a tu casa!

—¡Era una cría!

—¡Y una mierda! ¡No había más que verte!

—Una cría, Raúl. Como ésa. —Berta señaló hacia el otro lado del río—. ¿Qué estás haciendo con ella?

—¿Yo? —Raúl puso cara de inocencia—. ¿Qué estoy haciendo con ella?

Berta quiso reanudar su carrera camino a casa. Quería correr a casa. Lo intentó, pero él la frenó agarrándola del pelo y tirando, como si la estuviese montando sin bocado. Del golpe de terror, durante un instante se le hizo todo negro.

—*Mecagüenlaputa.* —La voz de Raúl sonaba muy grave—. Tener que hacerlo todo tan difícil.

Berta se dobló hacia atrás. Raúl tiraba de ella con violencia. Levantó los brazos para intentar soltarse y así amortiguó ligeramente un puñetazo en el pómulo derecho que tampoco se esperaba. Gritó menos de dolor que de sorpresa.

—¡Cállate! ¡Cállate, Berta! ¿Qué coño más has contado?

—¡¿Qué?!

—¡Que qué coño más has contado! ¡Que te he visto con el maricón ese del diario! —Y un bofetón, también en la cara, pero esta vez en el lado izquierdo—. ¡Hostia puta, joder! ¡Joder, Berta! —La empujó dentro del coche.

La operación fue arriesgada pero efectiva. Raúl consiguió meterla en el coche por el lado del conductor. La forzó a cambiar al asiento del copiloto de dos violentos empujones, sin soltarle el pelo y pegándose a ella. En cuanto él entró y pudo cerrar, aseguró la puerta. De un tirón brutal la obligó a agacharse y apoyar la espalda en el espacio entre los dos asientos, con la cabeza sobre sus muslos. En el proceso, a Berta se le clavó la palanca de cambios en el costado. Fue como si la hubiese atravesado un rayo. El dolor se le quedó instalado en el riñón. Irradiaba hasta el centro de la columna. Gritó bastante más de lo que hasta entonces había gritado. Y se rebeló. Intentó clavarle las uñas, hundirle los ojos, arrancarle las orejas, lo que fuera, pero él le inmovilizó los brazos.

—Berta, Berta. —De repente hablaba muy tranquilo. Parecía calmado—. Berta, escúchame. —Ella paró de revolverse un momento—. Si no te estás quieta, te mato. No quiero, de verdad que no quiero, pero te mato.

Y qué iba a hacer Berta sino quedarse quieta.

Rosa esperaba el resultado de la segunda batida. Después de recorrer el camino de tierra durante un par de horas, Casemiro volvió a la casa. Ni rastro de Berta. No estaba en el camino principal y no había podido correr más allá de lo que él había llegado conduciendo, pero había sendas por las que podía haberse desviado. Y caídas de terreno a las que no podía acceder con el coche. Llamó a Pedro y a Luis, el regador y el carnicero, se repartieron un área más extensa y salieron de nuevo. A Rosa ya la habían llamado tres de las pocas vecinas que tenían su teléfono. Una de ellas la señora Felisa, La Cronista de la Villa. Rosa confió en que fuese si no discreta, al menos respetuosa. No sabía de qué sería capaz si la ofendía en eso. Se asomó a la puerta de la cocina y comprobó, como temía, que había empezado a anochecer. Mientras miraba por la cristalera, algo apareció de repente, rapidísimo, entrando en su plano visual desde la derecha y a ras de tierra. Rosa dio un brinco hacia atrás. La puerta estaba cerrada. Golpeando con la cabeza en el cristal, un gato intentaba entrar. Iba dejando unas marcas húmedas y rojizas donde pegaba. Tenía la cabeza ensangrentada. Un ojo. Una mezcla de sangre y otras cosas le caían por la cara. Rosa se quedó petrificada, y el animal, cuando se convenció de que allí no iba a encontrar refugio, desapareció tan rápido como se había presentado. Sigue aquí, pensó Rosa. Después cayó en que eso no podía ser y que la alternativa era peor: había más. Más pájaros del infierno deseando atacar. No se había recuperado de la impresión cuando dos luces barrieron el terreno de la parte de atrás de la casa. Se olvidó del pájaro, del gato, y abrió la puerta. Era Casemiro con los otros dos.

—Nada, doña Rosa. Debería usted llamar.

El trayecto en el coche había sido corto. Berta supuso que la había encerrado en el molino. En lo que tardaron en llegar, Raúl estuvo bastante hablador. Se comportaba de una manera espeluznantemente natural para tenerla tumbada en el coche con el costado atravesado por la palanca de cambios y la cara marcada.

—Menuda racha llevo, tía. —A Berta le molestaba que la llamasen tía—. Me voy a tener que volver a pirar, joder. Y ahora estaba bien. —Había callado unos segundos—. Y tú ¿por qué te metes en esto? Tú eres una tía lista, Berta. —Otra vez tía.

—Yo no me he metido en nada.

—Ya. Puto pueblo de mierda. La cuestión es no dejar vivir. Pero no me lo esperaba de ti. De los grajos estos que viven asomados a las ventanas, sí. Pero ¿de ti? De ti, no, tía, de ti, no. —Tía, tía, tía—. Tú eres de otro mundo. Tú has visto cosas. Sabes de la vida.

—No sé de qué me hablas, Raúl.

Raúl la miraba desde arriba, más allá del volante, desde la cima de un monte visto con la cabeza apoyada en sus rodillas.

—La poli insistió mucho en si yo solía andar con Sebastián.

Berta no respondió. Le sorprendió el giro de la conversación y tampoco tenía nada que decir. Ni siquiera sabía si ella tenía que decir algo. Le daba miedo contrariarlo.

—¿Me has oído?

Allí estaba. La insistencia. La petición de atención. El tarado con un ego dañado que requería que se le mirase todo el rato. Berta pareció despertar de un sueño que había durado demasiado. En ese instante le reconoció. No había dejado de ser el mismo Raúl de siempre.

—No es la policía, es la Guardia Civil. Y se lo preguntaron a casi todo el mundo, Raúl. —De repente Berta sintió aburrimiento. Se sorprendió por ello—. Ya te lo dije. —Sí, estaba aburrida. Eran él y su discurso de pueblerino frustrado con ínfulas. La aburría—. Le pegaron un tiro y aquí somos cuatro gatos. No sé de qué te extrañas…, tío.

—Veo que estás mejor. —Raúl sonreía—. Has recuperado el sentido del humor.

Eso era. Él había empezado uno de esos juegos suyos de a ver quién puede más. Era algo que Berta creía tener olvidado. Nada había sido sencillo con Raúl. Nunca. Ni siquiera una conversación. Berta reanudó el diálogo.

—¿Y qué dijiste? ¿Os conocíais?

Raúl amplió la sonrisa y le palmeó la mejilla como si fuese una niña. Él necesitaba que las cosas sucediesen como consideraba que debían ser. Incluso en la interacción básica de pregunta respuesta. Ni la libertad de mantenerse callada le daba.

—Claro. Él vivía en la casa. Tomamos alguna cerveza, pero poco más. ¿Decepcionada?

—¿Yo? No. A mí qué más me da.

—Estaba convencido de que te importaba un montón.

—¿A mí?

A Berta se le disparó la alerta interior. No sabía de qué estaba hablando Raúl, y si no respondía, él podría interpretar que le estaba ocultando algo. No era la primera vez que pasaba. Era imposible rebatir sus ideas preconcebidas. Jamás las abandonaba.

—A ti, sí.

Raúl volvió a callar y miró a Berta con intensidad, una intensidad forzada y consciente que quedaba un poco ridícula al tener que interrumpirse a cada instante para seguir avanzando por la carretera.

—¿Por qué me habría de importar?

—Eso querría que me explicases, la verdad. Y por qué les fuiste con el cuento de que yo iba y venía con Sebastián.

—¡¿Yo?!

—Tú dirás.

—Pero si yo no sé nada de todo eso. Raúl, por favor, si prácticamente acabo de llegar.

—Pues si no has sido tú, ha sido tu madre. La bruja de tu madre, seguro.

—¿Mi madre? —Berta estaba preocupada de verdad—. Raúl, sabes que mi madre no se mete en nada. Mi madre ni siquiera se entera de lo que sucede a su alrededor.

—O la una o la otra.

—¡Puede haber sido cualquiera! ¡O nadie! ¡Para los investigadores es una pregunta rutinaria!

—Joder, Berta. Con lo bien que iba todo y lo tranquilo que estaba.

Era un psicópata. Era un psicópata y, además, estaba paranoico. Deliraba. Se había convencido de que alguien le estaba echando encima a los guardias y contra eso no se podía luchar. Lamentablemente, Berta se había encontrado a más de uno igual a lo largo de su vida. Entre ellos, su jefe. Un tipo peligroso que no sabías por dónde saldría y que iba dejando un reguero de compañeros arrinconados, cuerpos tirados en la cuneta. No sólo a aquellos que le replicaban, sino a todo aquel que destacaba. Berta se preguntó por qué se le disparaba la cabeza justo en ese instante y se obligó a no divagar más. Hizo un esfuerzo por centrarse en cómo estaba. No cabían razones en una situación como ésa. De lo que la acusaba Raúl ella no sabía nada, pero él opinaba lo contrario y parecía obsesionado en neutralizar la amenaza. Neutralizar. Así es como se llama ahora en lenguaje bélico el tirar a matar. No creía que Raúl fuese capaz. Tenía un lado oscuro, pero ¿tanto? Aunque, con el paso de los años, a saber si la maldad había ido a más. Llegaron. La sacó del coche a rastras, la cegó y la amordazó, y después de obligarla a subir por una escalerilla hasta aquellas tablas en las que estaba echada, la ató de pies y manos.

Berta quedó en clara desventaja y así, atada, cegada y amordazada, llegó a la conclusión de que no podía hacer otra cosa que esperar.

—Hola, buenas, ¿qué tal?

El joven saludó de ese modo, todo seguido y sonriendo. A Rosa le pareció demasiado banal para su angustia.

—Buenas tardes —le recibió Rosa—. Usted era el teniente…

—Sargento. Sargento Ramos, Federico Ramos.

—Tiene usted nombre de señor mayor. —Rosa quiso castigarle por la banalidad anterior.

El hombre se rio.

—Con el tiempo me irá sentando mejor.

—Sin duda. —Rosa respondió muy seria—. Pase, por favor. ¿Viene solo?

—Es que el subteniente Almazara está hoy fatal de la ciática, pero no se preocupe, que el que toma las notas siempre soy yo. —Sacó la que parecía la misma libretita de la vez anterior—. Usted cuénteme, que luego le pongo a él al tanto de todo.

—No se lo tome a mal, no pretendía cuestionarle. —Rosa temió haber ofendido al hombre que debía encontrar a su hija y le despreció profundamente, todo al mismo tiempo—. He preguntado por curiosidad.

—Tranquila, de verdad. Dígame. ¿Desde cuándo no ve a su hija?

—Me he quedado esperándola para comer.

—No hace mucho de eso. —Ramos bajó la libretita.

—Es noche cerrada.

—Sí, pero no ha pasado ni un día. —Miró la cara seria de la mujer y volvió a levantar el bloc de notas—. ¿Adónde se dirigía la última vez que la vio?

—Salió a correr. Siempre lo hace siguiendo el curso del río.

—¿Salió sola? ¿Sabe si había quedado con alguien?

—Ella siempre sale a correr sola. Si quedó con alguien para después, no me lo dijo. Pero sería muy raro.

—¿Y eso?

—Hombre, porque uno suele quedar con alguien y acudir duchado. ¿No?

—Claro.

—Pues por eso le digo. No es normal que esté tantas horas fuera sin avisar, con la ropa de correr y nada más. Ni móvil, ni llaves ni cartera. Nada. Si no ha vuelto es porque no puede, estoy segura. Y no están las cosas para andarnos con hostias.

—Totalmente de acuerdo.

—Sobre todo después de lo del farmacéutico.

—¿Qué sabe usted del farmacéutico?

—Lo que todos, que ha desaparecido. —Rosa empezó a temer que, efectivamente, el más joven de los dos guardias fuese el más tonto—. ¿No?

—Sí, sí. Ha desaparecido, desde luego.

—¿Le parece poco, con lo que hay aquí?

—En absoluto.

—Pues eso.

—Lo entiendo. Es usted una madre preocupada y es verdad que la situación en el pueblo está algo… tensa.

—Tensa, dice.

—¿No?

—No sé si está tensa ahí fuera, salgo poco de esta casa. Pero si lo está, con un muerto y dos desaparecidos en menos de dos semanas, tampoco me extraña. —Rosa había perdido la paciencia hacía varios segundos ya—. En todo caso, mayor motivo para empezar a buscar, ¿verdad?

—Verdad. —El sargento se levantó—. Confíe usted en nosotros. ¿Lo sabe alguien más?

—Todo el pueblo, por supuesto.

—Por supuesto. —Esto último lo dijo el hombre dirigiéndose hacia la puerta—. Quédese en casa. Llamaremos en cuanto tengamos noticias.

—Algunos hombres de aquí ya han estado buscando. Si quiere hablar con ellos…

—No es necesario, gracias.

—¿No les va a preguntar por dónde han estado?

—No. Tenemos nuestro propio sistema de búsqueda y siempre empieza desde cero. Cursaremos una orden de inmediato, quédese tranquila.

El sargento Ramos se fue, dejando atrás ese lugar común que a Rosa la dejó bastante preocupada.

Desde el bar y vestido de excursionista, el subteniente Manuel Almazara vio que uno de los policías locales salía del retén situado en los bajos del ayuntamiento. El hombre, delgado de piernas y brazos pero con una barriga que le tensaba la camisa del uniforme azul claro, se encendió un pitillo. Le dio un par de caladas y se asomó al interior del edificio antes de emprender camino en dirección a la iglesia. Se detuvo antes, tres puertas más allá.

—Hijo de puta —masculló Almazara.

Era la casa de Miguel Andújar. Abrió su mujer, doña Angustias.

—Policía de proximidad —añadió entre dientes el subteniente—. ¿Qué te parece?

Respondió una mujer que estaba sentada a su lado, con el uniforme completo de senderista recién estrenado y una cámara de fotos con la que registró la secuencia entera.

—Pues que es una putada que el malo te quede tan cerca de casa, jefe —respondió ella.

Casemiro miraba desde la barra.

Berta oyó el sonido de unos neumáticos que aplastaban piedras y pequeñas rocas en el exterior. Era extraño, pero percibió ese sonido antes que el ruido del motor. El vehículo se acercaba despacio, muy despacio. Se concentró y escuchó cómo se abría la puerta, las puertas. Pero todo ocurría a cámara lenta. El mismo sonido se repitió varias veces. Esperó a oír el golpe del cierre, pero no llegó a producirse. Por muy concentrada que se mantuvo, no hubo más. Y eso aumentó la expectación. Siguió esperando…

… hasta que un estruendo como el del día del juicio final acompañó a la sacudida de toda la estructura sobre la que estaba tendida. Las tablas del suelo bailaron y ella se agitó, como la imagen de una Virgen llevada en procesión. Se asustó. Sin embargo, no pasó nada. Es decir, nada malo. Nada más allá de que la salvaron. Cuando eso ocurrió, comprobó que, efectivamente, debajo de ella había algo. Alguien. Los que entraron dijeron: Está aquí, está aquí. No te preocupes, no te asustes. Al principio pensó que se referían a ella pero pronto entendió que no, lo que la inquietó aún más. Temió que no la viesen, que no supiesen de su existencia, que, resumiendo, no hubiese allí nadie que la buscara. Dio patadas, taconazos, cabezazos contra las tablas y emitió los gruñidos más lastimeramente sonoros que le permitía su mordaza. Oyó pasos. Alguien subía la escalera mientras le pedía tranquilidad. Tranquilícese, señora, le dijeron. Que habían ido a sacarla de allí. A liberarla. Hemos venido a liberarla, repetían. Que ya le he oído, le daban ganas de decir, pero no lo hizo, no fueran a ofenderse y dejarla allí. A Berta le pareció todo muy exagerado, aunque menos mal, pensó, y redundó en esa idea de Mira tú que si vienen a salvar a alguien que no soy yo y van y me dejan. Y le hizo gracia. También se preguntó cómo se le podía ocurrir algo así en una situación como ésa. Estaba claro que cualquier día perdía la cabeza.

El terror no acabó hasta que se liberó del todo de la cinta que llevaba pegada a los ojos. Dejaron que se la quitase ella, como pidió, presa del pánico, después de que los muy bestias le arrancaran la de la boca de un tirón. Lo hizo poco a poco. Tardó una eternidad y lo sudó todo. Las pestañas se mantuvieron casi intactas, pero las cejas, sobresalientes, quedaron interrumpidas aquí y allá por pequeños vacíos arrítmicos. Como baches en el camino. Poca cosa para lo que podía haber sido.

Ese mismo día en el *El Provincial* salió una crónica que ya nació vieja, aunque nadie en la villa podía saberlo. Doña Felisa sufrió los rigores de la actualidad candente, es decir, esa que de vez en cuando mata el mejor texto de un periodista. Sucede cuando el redactor lanza su mensaje al aire y aún no sabe que las cosas han cambiado y que las cosas explicadas ya no son. O ya no son del todo. Así de simple. La crónica de doña Felisa contaba algo que, al ser leído, ya era muy muy pasado.

AUMENTA EL MISTERIO EN RAYUELA
Si pensaban que ya había ocurrido todo,
se equivocaban del todo

Al releer el texto ya publicado, la cronista sintió una punzada de dolor ante la repetición y maldijo al periódico por lo que consideró un grave error de edición. Los recortes. Adónde íbamos a ir a parar.

La vida en Rayuela definitivamente ha dejado de ser lo que era. Los hechos extraños han llegado a esta pequeña aldea para instalarse entre sus habitantes, si no para siempre, para largo rato. O eso nos parece a nosotros, los rayuelanos. Disculpen que personalice, pero han de entender que esta cronista no puede mantenerse al margen de las emociones que embargan a sus conciudadanos por mucho que, como profesionalmente lo exige esta dedicación, haga todo lo posible para que la narración resulte objetiva y verdadera. Tal cual pasa, se lo cuento. No duden de eso. Pero tampoco me irán a negar que es imposible no verse arrastrado por lo inaudito de lo que en este lugar ha sucedido.

No habiéndose solucionado ni el caso del fallecimiento por tiro de escopeta ni la desaparición del farmacéutico, y de esto hace literalmente cuatro días, otro suceso sacude a esta, hasta ahora, tranquila comunidad. Otra desaparición ha tenido lugar en Rayuela. Berta Martos, conocida periodista, a su vez hija de artista, se ha esfumado sin dejar rastro mientras corría por la pista forestal que sigue el curso del río en el término municipal de Rayuela. Ni se la ha visto desde ayer por la mañana ni se sabe de ella. A preguntas de esta cronista, que ha indagado de primera mano sobre lo sucedido, doña Rosa Lezcano ha negado toda posibilidad de que la desaparición haya sido por voluntad propia, porque en su habitación siguen la cartera, el teléfono y las llaves del coche aparcado en el terreno que precede a la casa materna. Es más, añade la madre de la víctima, por no llevarse, no se llevó ni ropa limpia.

Esta cronista también ha consultado a las fuerzas de seguridad que, según confirman, han notificado ya el pronto despliegue de un dispositivo de búsqueda. Por el pueblo se ha visto a uno de los oficiales que indaga sobre el caso primigenio del tiro de escopeta con resultado de un muerto y que podría estar relacionado, o no, con la desaparición del farmacéutico y posterior caso similar de la periodista.

Como avanzaba al inicio de esta crónica, un nuevo misterio que añadir a los ya relatados, por si fueran pocos.

A la espera de saber a ciencia cierta lo ocurrido en cuanto la Guardia Civil acabe con sus diligencias queda, en la actual oscuridad de Rayuela,

La Cronista de la Villa

El texto definitivamente se había quedado antiguo y eso lo lamentó la cronista, que, mientras lo releía una vez publicado, oyó la llegada de vehículos, varios, demasiados para lo habitual en el pueblo. Y golpes en la plaza, gritos, fuertes llamadas a una puerta. Se asomó con urgencia, como el resto de los vecinos, para llegar a ver cómo, de la casa de al lado, la Guardia Civil se llevaba a don Miguel Andújar y a doña Angustias. El hombre parecía más afectado que su mujer, que insistía a los agentes, una y otra vez, que no olvidasen cerrar la puerta con llave. Detrás de ellos, introducido en un vehículo aparte, iba Álvaro, con su uniforme de municipal.

Si se lo contaran no se lo creería. A crónica muerta, crónica puesta. La vida es una caja de sorpresas, pensó Felisa. Aquello, intuía ella, iba a acabar dándole para una novela.

—Pero entonces... ¿ella sabía lo que estaba pasando o no?

—Ella, ¿quién?

—La hija de la artista.

—Que no, te lo he contado tres veces ya. ¿Cómo iba a saber lo que estaba pasando si se la llevó a la fuerza?

—Venga, pareja. No me discutan delante de la fruta que se me agria.

Día de mercado. Case y su hija habían salido discutiendo ya del bar.

—¿Y qué tendrá que ver? No tiene nada que ver una cosa con la otra.

—Mira, hija, si no quieres verlo, no quieres verlo. —El hombre se desesperaba con la aparente necesidad de escupir culpa que mostraba su hija—. Ponme tres kilos de tomates. La mitad tirando a verdes, que si no, no me aguantan.

—A lo mejor discutieron por celos.

—¿Por celos? Celos ¿de qué?

—Pues de qué va a ser, papá. De celos. A lo mejor ella estaba celosa de la putilla. Era más joven, ¿no?

—No me puedo creer lo que estoy oyendo, Aurora. —El frutero le tendió la bolsa de tomates sin decir nada, escuchando atentamente—. Cebollas. Cuatro kilos. Como encuentre alguna pasada, no vuelvo.

El frutero se alejó sin prisa.

—Tampoco es tan raro. Me ha contado Susana que antes salían juntos.

—Antes, hace casi veinte años.

—Les vieron juntos hace poco. En el coche.

—La secuestró, hija. La secuestró.

—No, no. Antes. —Aurora sonreía con aire de triunfo—. El día después de que volviese al pueblo. O el de después. Les vieron paseando por la carretera. Él iba en el coche, despacio, acompañándola camino a casa.

—¿Estás disfrutando con esto?

—¿Yo? Sólo te digo lo que me han contado.

—¿Quién te lo contado?

—Gente.

—¿Qué gente?

—Mis amigas.

—¿Tus amigas? ¿Amigas como Susana? —Case había levantado la voz. Tenía la bolsa de cebollas a la altura de la cara, pero no la había visto porque el vendedor se había acercado sin decir nada—. Pimientos. Rojos y verdes. Que sean regulares. Los quiero para asar.

—¿Cuántos te pongo?

—Dos bolsas grandes. Hasta arriba. —En cuanto se alejó el hombre, Case volvió a acercar su cara a la de su hija—. ¿Susana? —Escupía las palabras con rabia—. ¿Esa amiga que le fue contando al valle entero que estabas preñada?

—Pues ella se ha tirado a medio pueblo.

—¡Y a mí qué me importa!

—No grites. —Aurora miró a los lados—. Además, no ha sido Susana. Me lo han dicho donde la lotera. Allí lo contó Pedro, el regador, que les vio. No me dirás que se lo inventa, él fue quien encontró la escopeta.

—Eso sí que no tiene nada que ver.

Aurora levantó la vista sobre el hombro de su padre.

—Papá, voy a por el pan. —Empezó a alejarse antes de terminar de hablar—. Te veo en la carnicería.

En la puerta del horno, un pequeño corro compuesto por dos hombres y tres mujeres escuchaba atentamente lo que contaba un chaval joven, más o menos de la edad de Aurora. Case reconoció al hijo del dueño de una de las lecherías. Al hombre le pareció oír algo como que, si era tan niña, por qué se escapaba. Una de las mujeres añadió que inocente, inocente del todo no sería, que por allí iba suelta todo el día. Una mujer mayor que esperaba turno para entrar en la tienda se acercó a ellos y les soltó un ¿No os da vergüenza? ¿Y si fuese hija vuestra? Uno respondió que con un par de hostias la tendría bien guardada en casa. El resto calló. Afortunadamente, Aurora fue de las que no dijo nada.

Case devolvió su atención al tendero, que miraba, inmóvil, en la misma dirección.

—Perdona, ¿qué llevo pedido hasta ahora?

—No me acuerdo. ¿Me dejas ver las bolsas?

—Mamá, ¿qué haces?

—Limpiar toda esta porquería.

Rosa estaba enfangada hasta las rodillas, metida en lo más oscuro de la densidad del pequeño cúmulo de flores raras que Raúl había hecho crecer en su jardín. Llevaba guantes de trabajo y un delantal sobre una bata vieja. Berta pensó que iba descalza hasta que se dio cuenta de que los botines casi habían desaparecido entre la tierra húmeda. Su madre arrancaba las flores a tirones.

—Creí que te gustaban.

—¿A mí? ¡Qué va! —Un nuevo tirón y arrojó un puñado de flores del paraíso a la grava—. Y mantener aquí todo esto es carísimo. El día entero con el riego puesto. No sé cómo se lo consentí. —Rosa enderezó la espalda—. El caso es que, no te enfades conmigo, pero tenía cierta gracia. Algo. Un poco de clase, no sé si me explico.

—¿Quién, él? Pura fachada, ya ves. Un miserable con aires.

—Por mí como si lo traga la tierra, hija, no me malinterpretes. Sólo intento explicar que entre tanta mediocridad… no sé.

—Podía encantar.

—Sí, de algún modo. No es que me pasase a mí, entiéndeme, no es que me encantase ni mucho menos. Pero un poco de encanto sí le veía. ¿Me entiendes?

—Perfectamente.

—Pues eso. —Rosa volvió al trabajo—. La cuestión es…

—Qué.

—Que me vino con el libro aquel. *Rosa candida*, ¿lo has leído?

—No.

—Va de un chaval que se obsesiona porque quiere cultivar un tipo de rosa en particular. No paró hasta que consiguió que lo leyera. Nunca había interactuado tanto conmigo. Tampoco volvió a hacerlo después. Pero ahí estuvo pesado.

—Sí, ya imaginarás que él también puede ser muy obsesivo.

—Pero entonces no podía saberlo. Me pareció interesante.

—Claro. ¿Es bueno?

—¿El qué?

—El libro.

—No está mal. La trama es simple, el lenguaje es sencillo, pero la historia tiene fuerza. Y algo onírico. De sueño no cumplido. Me gustó. Cuando se lo devolví me convenció de que le dejase plantar sus flores raras.

—Las aves del paraíso no son muy raras que digamos.

—¿No?

—No. En los años cuarenta quizá, pero ahora, qué quieres que te diga. Te las encuentras en cualquier ramo de floristería.

—Los jades son más extraños.

—Puede ser. Pero un quiero y no puedo, mamá. Como todo en él.

264

—Chica, pues yo qué sé, sería un sí que no pero mira dónde estamos. El tuerto entre ciegos es el rey.

—Sé a qué te refieres. ¿Te ayudo?

—No. Estás convaleciente.

—Mamá, estoy perfectamente. Sólo me falta media ceja y un poco de piel en la frente.

—Quita, que da impresión. Y a ver si se te va a infectar.

—Es que no me gusta que estés sola ahí dentro.

—No soy tan vieja, Berta.

—No digas gilipolleces. Es por los pájaros.

—¿Por los pájaros?

—Sí, por los pájaros. ¿Se te ha olvidado? —Berta se puso a cubierto. Dentro del rectángulo antes repleto de flores exóticas recordó la pesadilla en la que aquella flor fea trepaba por su cuerpo y le taponaba la nariz y la boca hasta la asfixia—. ¿Y esa flor negra? ¿Ya no queda ninguna?

—No que yo sepa. Al parecer era muy delicada. Me extrañó encontrar una en el jarrón del estudio, la verdad. Se la debió de dar ella a Sebastián. No creo que el pobre chico se atreviese a tocar las flores de Raúl.

—¿Y por qué le iba a dar Paulina una flor de ésas a Sebastián?

—Pues por agradar, supongo. Le ofreció lo más valioso, lo más extraño que podía aportar.

—Qué afán el de Paulina. —Berta habló con desprecio.

—No juzgues, querida. No vives aquí. No eres como ella. Trabajando en esta casa se rodeaba de lo más interesante del lugar. Si hasta presumía de ello en la aldea. La hacía sentir importante. Con más mundo. Se hablara de lo que se hablase entre su gente, ella siempre sabía más. Esa supuesta distinción se la llevaba de aquí. De Raúl, exiliado de la ciudad, de mí, de ti y de Sebastián. Después lo contaba como si lo hubiese vivido ella, casi igual. Si me hablaba así incluso a mí. Pobre. Todo al alcance de la mano, pero sin poder tocarlo.

—Si hubieses visto a aquella niña, mamá.

—Mejor que no.

—Es una cría. Tan flaca, tan pequeñita. Con el pelo rubio sucio pegado a la nuca. Tropezó antes de llegar a la puerta del hospital y cogió a un enfermero de la manita, como cuando se les prohíbe a los niños cruzar solos. ¿Sabías que era tan pequeña?

—No, Berta. Por supuesto que no sabía que era tan pequeña.

—Pero sabías que andaba por la aldea.

—Y tú también lo sabías.

—¿Yo?

—La viste. Se lo dijiste a Paulina. En la cocina.

—¡Pero yo no sabía que era tan pequeña! Pensé que... no sé.

—Que era una puta, sin más.

—Que era una mujer y que hacía uso de su voluntad.

—Ya. Pues yo ni siquiera me lo planteé, la verdad. En mis tiempos las putas eran putas y ya está. Y el cine estaba a reventar de ellas.

—Mamá...

—Y no. Ninguna de las dos sabíamos que era tan pequeña, porque tampoco nos paramos a preguntar.

Rosa se concentró en arrancar flores hermosas y Berta pensó en echarse en la cama. Y en poner música. O en acercarse al bar. Le dolía la cabeza. Antes de que tomase una decisión, su madre volvió a hablar.

—Pobre Sebastián.

—No sé si estoy muy de acuerdo con eso, mamá.

—Aun así.

—Me voy a dar una vuelta.

—Bien. Vuelve para cenar.

Berta se tragó las ganas de contestar. Al salir del antiguo vergel cubierto, miró al cielo.

—¿Y los pájaros?

—Sí, eso es raro.

Rosa también se asomó a mirar.

—No los he vuelto a ver. Estarían migrando. Será por el cambio climático.

—¿Tú crees?

—Y yo qué sé.

—¿No vas a hacer nada?

—¿Qué puedo hacer? Esto es el campo. Hay bichos. Pasan cosas. Si vuelven, ya se verá.

—¡Berta! ¡Qué alegría verte! —El bar estaba vacío a esa hora. Casemiro salió de la barra y la abrazó con fuerza—. Te estuvimos buscando hasta tarde.

—Me lo contó mi madre. Te lo agradezco.

—De agradecer nada, reina. No podía hacer otra cosa. Se me llevaban los demonios de ver que no te encontraba. Fue peor cuando me enteré de lo que te había hecho ese hijo de puta.

—Lo mío fue poca cosa. Tenías que haber visto a la cría.

—No me lo recuerdes. Aquí la mitad la habían visto por los caminos. A veces no entiendo a esta gente.

—Hijos de puta.

—No seas tan dura. —Parecía avergonzado—. Éste es un sitio pequeño, Berta. Él es un vecino y, entre tú y yo, a saber de dónde salió la muchacha.

—La niña.

—La niña.

—Es una niña.

—Sí, Berta. Lo sé. Es una putada.

—No es una putada, Case. Una putada es que te venga una veinteañera de Madrid y se tenga que dejar follar para seguir camino. Esto es una aberración. Tiene catorce años.

—¿Por qué me hablas así? Yo también lo tengo claro.

—Pues no te veo muy escandalizado.

—¡Claro que sí! Lo que ha hecho ese cabrón no tiene nombre. A ella y a ti.

—No quieras compararlo. No está en la misma liga, ni de lejos. Y no fue sólo él. Fueron él y algunos más. ¿Es que no te has enterado? Hasta a mí me ha llegado.

—Bueno, él es el que sabía la edad.

—¿Tú has visto a la criatura?

—Jamás.

—Si la hubieses visto no dudarías de si sabían o no sabían la edad. No hace falta ver su carnet de identidad. Si ni siquiera tiene tetas, joder.

—Ya.

—Créeme. Es imposible que alguien en sus cabales piense que esa niña pueda ser mayor de edad.

—Aquí hay mucha desinformación.

—Case, lo sabían. Algunos tienen nietas igual de pequeñas.

—Bueno, déjame que te sirva algo.

—Mira, ¿sabes qué? Que no me apetece tomar nada.

—Berta...

—Sólo he venido a agradecerte el esfuerzo. La búsqueda y tal.

—Berta, no te vayas.

Berta salió por la puerta del bar-restaurante-discoteca como el que emerge del agua después de estar un minuto sin respirar. Eso sí que no lo esperaba. Por mucho que hubiese pasado el tiempo, por mucho que fuese un sitio pequeño, por mucho que...

—¿Tú eres la periodista?

—Sí, soy yo.

—Ay, hija, ya te veo las marcas. Se te irán.

—Eso creo. Gracias.

Era una mujer mayor que Berta no recordaba de ninguna de sus etapas en la aldea. La mujer le cogió la cara con cuidado y la besó en la mejilla.

—Me alegro mucho de que estés bien. Dile a tu madre que Paca, la que vive arriba del comercio, le manda besos. Por el mundo va mucho maleante, hija, guárdate bien.

—Sí, señora, lo haré.

Berta había empezado a alejarse. La mujer añadió algo a sus espaldas que le hizo dar la vuelta para mirarla e intentar recordar su cara.

—Lo que ha hecho con la niña esa. Ojalá le caiga la perpetua. Y a los que se aprovecharon, también.

—Gracias —respondió Berta, emocionada y asustada al mismo tiempo, como si tuviese que ver con ella misma y fuese su responsabilidad cómo acabase todo aquello.

Estaba verdaderamente alterada. Una sensación de carga enorme se le vino encima, tan aplastante, que sorprendió a la misma hija de la artista.

Luz sobre el misterio de Rayuela
La Guardia Civil detiene a una sospechosa por el asesinato
del joven a tiro de escopeta

CARLOS MONTERA / Capital de Provincia. Después de semanas
de investigación y búsqueda, esta vez sí, se empieza a desvelar
parte del misterio de Rayuela. Las pesquisas desembocan en
una mujer de avanzada edad, Angustias Leandro, como sospechosa del presunto asesinato de Sebastián Palencia.

Miembros destacados del equipo de investigación aseguran
que todos los indicios apuntan a que la detenida quiso evitar que el fallecido denunciase las presuntas acciones delictivas
de su hijo, Raúl Andújar, detenido bajo la acusación de prostituir
a una menor de edad en la misma población de Rayuela. Pocos
detalles más han salido a la luz, pero, al parecer, Raúl Andújar
ofreció los servicios de la menor a Sebastián Palencia. Éste
aceptó, hizo uso y posteriormente se arrepintió. Acudió a las
autoridades locales y en un arrebato quiso intentar hacer público
el caso por la radio. No pudo. Según los investigadores, uno de
los miembros del cuerpo municipal de policía, atendiendo al parentesco que le une a los dos detenidos, madre e hijo, decidió

271

no seguir el protocolo y, en lugar de dar procedimiento a la denuncia, avisó a la detenida y a su marido de lo que Sebastián Palencia afirmaba contra su hijo. De esto se deduce que Angustias Leandro quiso evitar que los presuntos delitos de corrupción y prostitución de menores saltasen a la luz y por ello acabó con la vida del arrepentido disparando una escopeta que, en manos de los agentes, mostró restos orgánicos de la detenida. La mujer aún sufría secuelas del retroceso del arma cuando se la llevó la Guardia Civil.

Además de las pruebas forenses, la Guardia Civil cuenta con un testigo protegido cuya versión de los hechos desembocó en que el equipo de investigación encajase unas piezas que hasta el momento parecían tan cercanas como dispersas. Todo se precipitó cuando la madre de la periodista Berta Martos denunció la desaparición de su hija, que resultó estar retenida por Raúl Andújar, controlado desde hacía días por la Guardia Civil a la espera de encontrar el paradero de la menor, cuyos padres, a su vez, buscaban tras su desaparición hacía más de dos meses de su casa del centro de Madrid.

A la espera de la declaración de las víctimas y de que se levante el secreto de sumario, se desconoce si la menor abandonó su domicilio forzada o por propia voluntad. También queda por resolver la incógnita de cómo pudo Raúl Andújar retener a la menor entre los algo menos de trescientos habitantes de Rayuela durante más de dos meses sin que nada trascendiera.

—He leído tu artículo.

—¿Y qué te parece?

—Mucho mejor que el anterior. ¿Tienes fuente o es una filtración?

—¿Me lo preguntas en serio?

—Por supuesto.

—¿Y qué importancia tiene eso?

—Ninguna para el caso, preguntaba por curiosidad.

—Oye, ¿has pensado en mi propuesta?

—Sí, pero no puedo.

—Sería tu versión. Única. Sólo tu voz. Podrías ajustar algunas cuentas.

—No puedo hacer eso, Carlos.

—¿Por qué? Es tu historia. En todos los sentidos.

—Porque no.

—No hace falta que digas nada de lo que pasó en la radio, Berta. No te va a generar ningún problema para recuperar tu trabajo. Sólo en el pueblo.

—No es por la radio, Carlos. Es que son mis vecinos.

—Pensé que no te sentías una de ellos.

—Y no me siento.

—Entonces ¿cuál es el problema?

—Que soy de allí. Allí crecí. No puedo hacerles algo así.

Si Carlos hubiese podido ver a Berta, se habría fijado en cómo fruncía el ceño, incrédula ante su propia afirmación. Raro, sí. Pero así fue la cosa.

—Lamento oír eso.

—Y yo, Carlos —añadió ella—. Más que tú.

Se despidió, colgó y, después de que empezasen a sonar los tonos familiares del «Hot and Bothered» de Duke Ellington, envió el artículo a Agustín. Berta había regresado a Madrid y las conexiones de su móvil volvían a exprimir todos los datos que su tarifa le ponía al alcance de la mano.

Tenía que buscar trabajo. Había descartado la idea de volver a aquella radio. Decidió aprovechar la crisis para provocar el cambio.

El móvil le vibró al instante. Agustín respondió: «Ojalá la

vieja arda en el infierno». A Berta le pareció una frase excesiva, pero, sin darse cuenta, su cerebro reprodujo una vez más aquellas palabras: «Anoche soñé que volvía a Manderley». Y una reja, herrumbrosa, era atravesada sin esfuerzo. Berta no pudo evitar compadecerle. También sintió pena por ella misma, aunque no supo de qué exactamente.

Cuatro años después

Berta se despertó con sólo medio cuerpo en el sofá. La otra mitad había resbalado hasta el suelo sobre lo que parecían restos de vino blanco. La botella estaba tumbada bajo la mesa de centro. La copa seguía en pie, erguida. Como no tenía mucha resaca, se convenció de que no había bebido tanto, aunque la imagen de sí misma tampoco le gustó demasiado. Sentía cierto malestar, algo de embotamiento mental y tristeza. Mucha tristeza. No al borde del colapso, pero bien no estaba. Lo sabía. La tristeza, enorme, irradiaba desde su interior hacia fuera y la invadía entera, tanto que le dejaba la mente como una hoja en blanco: vacía y con límites claros. Más allá de los márgenes, no veía. Su imaginación formó la imagen. Una página al sol refractando una luz que no era suya, ella no iluminaba nada. Ni a nadie. Y le quemaba la vista. No quería dejar de mirar el blanco y mantuvo los ojos abiertos. Lloraba. Aguantó lo que pudo y cuando el dolor rozó fondo se rindió. Dio la batalla por perdida. Entornó los párpados lo justo para que dejasen de escocer. Los abrió de nuevo y allí seguía. No veía más que un enorme resplandor. Estaba ciega. Ciega en blanco. Cerró los ojos en una segunda batalla perdida, respiró hondo y se dijo a sí misma: Berta, cada vez estás más cerca de perder la cabeza. Probó de nuevo, con miedo, a enfocar el mundo. Esta vez sí. Vio el salón. Enfrente, la tele encendida.

Se tomó un café y consultó los periódicos. Todos abrían con lo sucedido la jornada anterior en el juicio. «Tenía 14 años pero aparentaba 12» era el titular más impactante. También: «No, no pasaba por una chica de 19 años», y un insidioso: «La joven aseguraba ser mayor de edad». El segundo era de Carlos. Bueno, pensó Berta, al menos no es el peor. En el texto exponía con bastante frialdad la declaración de Raúl, en la que aseguró que intentaba ayudar a la niña a sobrevivir. Luego viró hacia el dramatismo cuando la chica, con dieciocho años ya, contó desde detrás de una mampara que aceptó prostituirse después de estar encerrada durante tres días con agua de pozo y sin comida. También se explayó demasiado, en opinión de Berta, en la emotiva reacción del tribunal ante los testimonios de los agentes que las rescataron y que se veían reflejados en los titulares: «No, no pasaba por una chica de 19 años. Tenía 14, sí, pero aparentaba 12. Estaba mal alimentada, sucia, era muy pequeña y delgada. Apenas desarrollada». A Berta esas crónicas que leía sin falta cada mañana le laceraron la memoria y el presente. Lo estaba pasando mal. Según contó la muchacha, se había ido con Raúl por voluntad propia porque no quería vivir en su casa. Odiaba estar allí, dijo. Sus padres eran exigentes, y la convivencia, pésima. La familia tenía un negocio de importación de semillas de frutas tropicales y flores raras. Aseguraba que a las dos semanas de estar en el pueblo quiso volver con los suyos. Raúl se negó. La encerró. Tres días después, hambrienta y aterrada, ella misma fingía ante los vecinos de Rayuela que tenía diecinueve años. Paulina le llevó ropa para que pareciese mayor. Berta iba desgranando los artículos tras cada una de las jornadas y se dormía igual que se despertaba, repitiéndose la cuestión principal: en una aldea como aquélla... ¿nadie sabía que era menor? ¿Nadie? Berta le daba vueltas sin querer avanzar hasta el siguiente escalón, ese de... ¿es que nadie preguntó? ¿Nadie? ¿Ni siquiera yo?

A falta de buenas imágenes del interior de la sala, los periódicos ilustraban las portadas con fotografías del numeroso grupo de mujeres que hacía guardia a la puerta del juzgado durante la entrada y la salida de testigos y abogados. Como el día anterior había declarado la víctima, las de la primera fila exhibían una camiseta con el lema «Ni madres ni putas», rematado por el hashtag #ReRevolución. Aparecieron tras un masivo llamamiento en las redes después de que la defensa de Raúl cuestionara la posibilidad de que la muchacha estuviese deambulando en un pueblo tan pequeño contra su voluntad, sin que nadie supiese nada. Que a lo mejor, añadió la defensa, cuando se le presentaba la oportunidad no se quejaba. Berta tenía esa camiseta. Se la dieron unas cuantas que fueron a recibirla el día que tuvo que declarar. Estamos contigo, le decían. Una es todas y tú eres nosotras. A #ReRevolución se unió #BertaResistencia, #TodasSomosBerta y #NiResignaciónNiCulpa. Este último era hermoso, aunque algo largo en opinión de Berta. Nadie parecía acordarse del odio anterior. O es que eran otras personas, otros seres, otro país, otro mundo. Otro Twitter. Las redes estaban con ella. ¿Quién coño es esa gente?, se seguía preguntando Berta, aunque la respuesta era entonces mucho más llevadera: todo ese personal que me protege, como si protegiese de veras. Y que me quiere, porque parecía que la quisieran. Una cumbre en su vida y su carrera. Las redes y, en consecuencia, los periódicos digitales y, en consecuencia, algunas contraportadas de diarios en papel se hicieron eco. Más que eco, alimentaron hasta convertir en leyenda la valentía de Berta Martos al enfrentarse a su agresor y provocar la liberación de la menor. El mensaje había llegado a las tertulias de televisión. Mira qué bien, pensó al principio Berta, que se sintió un poco impostora y un poco mona de feria, pero mona triunfal. Cuando lo pensaba le daba vergüenza. Las redes siguieron de su parte durante todo el juicio, estaba muy arriba en la valoración. Si alguien apuntó a la muerte de Sebastián, nadie lo retuiteó. Si hubo alguna voz discordante sobre la actuación de Berta, fue placada de inmediato por decenas de defensores. La turba virtual dictó esta vez como veredicto popular que ganaba ella. Democracia pura. La víctima de un abusador era sagrada y nadie se atrevió a cuestionarla. Me lo deben, pensó Berta. La culpa y la pena ya se las imponía ella.

Le sobrevino una arcada, aunque estaba segura de que no era por la bebida. No iba a llegar a ese extremo. Era porque estaba en ayunas desde que el día antes había salido de casa de su madre al mediodía. Y no cenó cuando llegó a la suya. Había habido cambios en Rayuela. Rosa había sustituido a Paulina por Aurora. La chica no tenía experiencia en llevar una casa. Al principio tampoco quería aprender, así que iba de acá para allá haciendo como que trabajaba. A Rosa eso no le importó. Agradecía la juventud de la muchacha no por la frescura, sino porque no tenía confianza para meterse en nada. Con que limpiase un poco y le llevase la compra lo daba por bueno, y Berta ya sentía que el aire en aquella casa era otro. El estudio no existía. Rosa lo mandó derruir y con los escombros rellenó la piscina. Había un jazminero enorme y a Berta le encantaba leer a su sombra sin prisas ni miedos. En cuatro años los pájaros del infierno no habían aparecido, lo que no quería decir, le recordaba Rosa, que no fueran a volver, y acto seguido la obligaba a salir con una pamela.

Berta preparó el escritorio para rematar, en cuanto volviese de comer algo, el último reportaje para una de las revistas para las que escribía en su nueva condición de redactora free lance. No ganaba mucho, pero podía permitirse trabajar a voluntad.

Le dio al *play* en su móvil, empezó a sonar «Blue Interlude», de The Chocolat Dandies, y entró en la ducha. Comería en el japonés. Se daría un homenaje para celebrar que estaba ya bajo el umbral de la segunda gran oportunidad que merecía. Por qué estaba tan segura no lo tenía claro, pero no iba a ocuparse de eso en ese momento.

Un cerebro audaz adapta la percepción del presente hasta que la convierte, en la medida de lo posible, en la circunstancia presuntamente mejor sobrevenida.

Es el mecanismo que da esperanza.

Supervivencia pura.

Nota de la autora

Esta historia está basada en un hecho real, lo que no significa que haya ocurrido exactamente igual.

El 4 de diciembre de 2010, un policía local de Arroyo de San Serván, Badajoz, rescató de una casa del pueblo a una chica madrileña de catorce años que declaró estar siendo prostituida. La menor había llegado por propia voluntad al pueblo, pero, según su versión, estaba siendo retenida por toda una familia. Los agentes que la liberaron expresaron ante el jurado que no había duda alguna de su minoría de edad. «Tenía catorce pero parecía de doce» es una expresión que se repite en las crónicas del caso.

La investigación, que acabó en rescate, empezó cuando los padres de la menor, residentes en la céntrica calle Serrano de Madrid, pusieron la denuncia por la desaparición de su hija en la comisaría del distrito de Chamartín.

La Sección Tercera de la Audiencia Provincial de Badajoz, con sede en Mérida, condenó a doce personas por prostitución y corrupción de menores en sentencia con fecha de 24 de julio de 2015. La sentencia no llegó a uno de los acusados, que, mientras se desarrollaba el proceso, se pegó un tiro con una escopeta.

Casi un año después, el 19 de mayo de 2016, la Sala Segunda de lo Penal del Tribunal Supremo declaró que había lugar a los recursos interpuestos por parte de los condenados y anuló la sentencia de la Audiencia Provincial. Absolvió a los recurrentes por falta de hechos probados y porque consideró que no había forma de asegurar que eran conocedores de que la víctima era menor de dieciséis años. La declaración de la joven, que en el momento del juicio había cumplido ya los dieciocho años, no bastó como argumento de condena para el Supremo, que, en una sentencia ampliamente razonada, tachó a la Audiencia Provincial de sentimental. El Supremo también señala que no es ilógico entender que podía liberarse de sus captores, ya que tenía fácil contactar con agentes de la Policía Local en sus reconocidas visitas al ayuntamiento. Unas visitas que, siempre según ella, realizó al despacho del juez de paz.

Si sé esto es gracias a mi gran amigo José Manuel Marraco, abogado de Greenpeace y ejemplo de bondad, entre otros motivos por su capacidad de ilusionarse con las causas a medio perder.

También hay una referencia real para el personaje de Rosa Lezcano. Se mira directamente en Margarita Lozano, la Ramona de *Viridiana*, que vive en cierto lugar de la costa de Murcia después de algunos trabajos sublimes en nuestro cine pero, sobre todo, en el italiano. Allí la llevó Carlo Ponti. Ella no quiere saber de entrevistas ni biografías. Me alivia la seguridad de que no sabrá jamás de este texto.

Yo, desde luego, no se lo cuento.

Por último, tan sólo señalar mi homenaje a José Luis Cuerda y al pueblo de *Amanece que no es poco*, el único que conozco en el que vivir sería tan sueño como pesadilla. Pretendí descaradamente que la frase de Saza: «¿Es que no sabe que en este pueblo es verdadera devoción lo que hay por Faulkner?» echase raíces aquí.

Menos lo incluido en esta página, todo es ficción, y en la última página queda para no influir de antemano al lector.

Gracias por llegar hasta aquí.

La posdata es para Antonio Lucas. A él debo el confirmar, quisiera o no, que puedo más.